Sarah Pinborough est la nouvelle étoile du fantastique et de la terreur en Grande-Bretagne. Elle a également écrit de la fantasy pour la jeunesse, sous le nom de Sarah Silverwood, et travaille actuellement à plusieurs projets de séries télévisées. Avec *Poison*, *Charme* et *Beauté*, elle s'attache à révéler tout ce que les contes de notre enfance peuvent contenir de noirceur et de sombre séduction…

Du même auteur, chez Milady :

Poison
Charme
Beauté

CE LIVRE EST ÉGALEMENT DISPONIBLE
AU FORMAT NUMÉRIQUE

www.milady.fr

SARAH PINBOROUGH

Beauté

Traduit de l'anglais (Grande-Bretagne) par
Frédéric Le Berre

Milady

Milady est un label des éditions Bragelonne

Titre original : *Beauty*

Originellement publié en Grande-Bretagne par Gollancz, Ltd, Londres.

Illustrations intérieures : Noëmie Chevalier

ISBN : 978-2-8112-1194-3

Bragelonne – Milady
60-62, rue d'Hauteville – 75010 Paris

E-mail : info@milady.fr
Site Internet : www.milady.fr

À Lou et Joe Abercrombie.
Des gens extraordinaires et des amis géniaux.
Avec toute mon affection.

1

IL A BESOIN D'AVENTURE...

En ce doux matin de printemps, le roi et la reine prenaient leur petit déjeuner sur la terrasse qui prolongeait leurs appartements, goûtant au plaisir du grand air sans avoir à se soucier du protocole. Le soleil était chaud, mais pas brûlant, et le ciel lumineux, mais juste ce qu'il fallait pour ne pas les obliger à plisser les yeux. Pour la reine, c'était un moment quasiment parfait. Néanmoins, un détail gâchait quelque peu son plaisir : le sujet de leur conversation. Ils savaient pourtant tous les deux qu'ils n'avaient déjà que trop repoussé le moment de l'aborder.

— Il faut qu'il grandisse, dit-elle en buvant une gorgée de thé. Je crains fort que nous l'ayons trop gâté.

— Bien difficile de ne pas gâter un prince, répliqua le roi son époux d'un ton bourru. Je suis certain que mon père me gâtait moi aussi. Un prince doit grandir avec le sentiment de sa propre supériorité. Sans cela, comment pourrait-il devenir un bon roi ?

On pouvait apercevoir le ventre rond du souverain entre les pans de son confortable peignoir molletonné. En le voyant tendre la main vers une autre viennoiserie, la reine fut stupéfaite de voir à quel point tout pouvait changer avec le temps. Le séduisant jeune prince avec lequel elle avait convolé avait disparu, avalé par cet homme qui avait à présent tout d'un ours. Leur union avait été heureuse cependant, en dépit des exigences parfois difficilement supportables de la charge royale. Au bout du compte, il avait été aussi bon époux que bon monarque.

— Peut-être bien, répondit la reine. Mais il est fils unique. J'ai le sentiment que nous aurions dû être un peu plus fermes avec lui.

— Tu as peut-être raison, grogna son époux. Il va être temps pour lui de trouver à se marier et de fonder une famille. Il devrait aussi assister plus souvent aux réunions du conseil, participer aux exercices avec les généraux, en prévision du jour où il sera à la tête de notre armée, et tenter de percer les mystères de la fiscalité royale, comme il avait promis de le faire.

Le roi resta un instant silencieux, les sourcils froncés.

— Mais à quoi peut-il bien passer ses journées ? ajouta-t-il.

Cette conversation n'aurait jamais eu lieu si, à l'instant où ils prenaient place sur la terrasse, ils n'avaient aperçu leur enfant chéri – l'espoir de tout le royaume, un parangon de vertu paré de tous les attraits de la séduction – en train de gravir en titubant le grand escalier du château, le plastron de sa chemise constellé de taches de vin. Un rapide interrogatoire des serviteurs leur avait confirmé que la chose n'était pas rare. Le prince passait ses nuits dans les tavernes et autres lieux de mauvaise réputation, en compagnie de jeunes nobles de son âge, avant de dormir plus ou moins toute la journée. De temps à autre, il allait à la chasse, mais pas si souvent – loin de là.

Certes, beaucoup de jeunes hommes se comportaient sans doute ainsi, mais il avait érigé ses frasques en un véritable style de vie, parfaitement incompatible avec son rang. Un jour, leur fils deviendrait roi, et la fonction exigeait un degré de sérieux et de gravité qu'il était loin d'avoir. La reine se tourna de nouveau vers son époux, qui n'était décidément plus le colosse élancé d'autrefois. Son visage était rouge et ses joues couperosées – et il avait pris bien trop de poids. La destinée de leur fils allait peut-être se jouer plus vite que l'un et l'autre ne voulaient se l'avouer. Aucun parent n'aime penser du mal de son propre enfant, mais depuis quelque temps, la reine se disait avec inquiétude que son rejeton ne serait peut-être pas à la hauteur.

— Il faut lui trouver une épouse, dit-elle. Une femme calme, de tempérament, et à la tête bien faite.

Il était assurément plus simple de débattre des qualités de la future femme du prince que de discuter des défauts de celui-ci.

— Il en voudra une ravissante, murmura le roi, avant de lever les yeux vers sa femme avec un sourire. Moi, j'ai eu de la chance. J'ai trouvé une créature rarissime : une femme qui allie beauté et intelligence.

La reine ne répondit rien, savourant silencieusement cet instant de complicité, confortée dans l'idée que le roi trouvait lui aussi qu'ils avaient formé un couple solide. Certes, elle souffrait de migraines chroniques et de terribles angoisses, mais elle s'était toujours montrée de bon conseil dans l'intimité de leurs appartements. Et puis, quand le roi avait eu des aventures – comme en ont toujours les souverains, hommes gâtés entre tous –, elle avait haussé les épaules, convaincue qu'il finirait par revenir dans son lit. Après tout, leur mariage était une union royale. Avant cela, elle-même avait connu des aventures romantiques. Des idylles et puis…

— Il a besoin d'aventure, dit-elle tout à coup, sans même avoir pris le temps de peser ses mots. Toutes ces nuits de débauche et d'ivresse, ce n'est pas bon pour lui. Il a besoin de vivre une véritable aventure.

— Hmm, répondit le roi, j'y ai pensé, moi aussi. Mais l'envoyer à l'étranger, en dehors du royaume ? Notre fils unique ?

— Un roi doit connaître le monde, répondit la reine. Il doit savoir en quoi les neuf royaumes sont différents les uns des autres. Pourquoi ils se font mutuellement la guerre. Et qui sait, notre fils trouvera peut-être un moyen de faire la paix avec un de nos ennemis. Il ne peut pas faire ça en restant ici.

Le roi perçut la sagesse des paroles de sa femme. Un souvenir en particulier émergea du fond de sa mémoire.

— Tu sais, mon grand-père a vécu ce genre d'aventures. Lorsque j'étais petit, il nous racontait cette histoire d'un pays très lointain où il était allé sauver une jeune femme enfermée au sommet d'une très haute tour, en utilisant les longs cheveux de la belle pour grimper jusque-là.

Le roi et la reine éclatèrent de rire.

— J'espère qu'il était mince à l'époque, dit-elle, les yeux pétillants.

— Moi, je te romprais le cou avant même de poser un pied contre le mur, dit le roi en secouant la tête. C'était une histoire un peu folle racontée par un vieillard un peu fou. Cela dit, je pense qu'il y a là une idée à creuser.

La reine vit alors son époux s'absorber dans ses pensées, les yeux mi-clos et le front plissé. Elle prit grand soin de ne surtout pas l'interrompre. Elle avait semé sa graine ; il allait à présent déterminer quelle épopée conviendrait le mieux à leur progéniture. Quelque chose de suffisamment glorieux, sans être trop dangereux, et surtout dont le royaume pourrait tirer bénéfice d'une façon ou d'une autre. Au bout du compte, le royaume était en effet toujours ce qui importait le plus.

Elle but une gorgée de thé et se laissa aller en arrière dans le fauteuil pour contempler les tourelles qui se dressaient loin au-dessus d'elle. Les innombrables fenêtres du palais étincelaient dans le soleil du matin. Par bonheur, nulle douleur ne lui vrillait encore les méninges, et elle n'avait ni rendez-vous ni déjeuner avec les dames de la cour inscrit à son ordre du jour. Les oiseaux pépiaient joyeusement. En contrebas des remparts, la ville bruissait de mille activités. Elle n'était pas mécontente de son sort.

— Je crois que j'ai trouvé, dit enfin son époux. Je crois que j'ai trouvé exactement ce qu'il nous faut.

Le roi parla à son fils au dîner.

En monarque avisé, il avait également convié à sa table plusieurs nobles influents, tous accompagnés de leur descendance masculine. Un prince est aussi sensible à la pression de ses pairs que n'importe quel jeune homme. Or, comme sa décision était prise et qu'il entendait bien confier à son fils une mission, le roi n'était pas disposé à tolérer la moindre contestation.

— Un fléau ? demanda le prince lorsque son père eut pris la parole. Mais quel genre de fléau ?

— Je l'ignore, répondit le roi. D'ailleurs, ce n'est peut-être qu'une légende. Tout ce que l'on sait, c'est qu'au cœur de la forêt, au pied de la Montagne lointaine, se dressait autrefois une riche cité. Un dixième royaume. Voici près de cent ans, un terrible fléau s'est abattu sur cette ville. La forêt, toute vibrante de magie si près des flancs de la montagne, s'est refermée sur elle. Les arbres et les taillis se sont mis à pousser, si hauts et si denses que la cité tout entière et ses habitants se sont retrouvés coupés du monde et engloutis à jamais.

— Et personne n'a jamais cherché à les rejoindre ? demanda le prince.

Il n'avait pas touché à son assiette. Le roi n'était pas mécontent de constater que son histoire retenait toute l'attention de son fils. En même temps, son garçon avait toujours été plus prompt à répondre aux élans de l'esprit romantique qu'à se préoccuper des aspects pratiques.

— Peut-être que si, répondit son père, mais la forêt n'a plus jamais laissé passer personne.

— Ceux qui étaient retenus à l'intérieur ont bien dû pouvoir se libérer, en se frayant un passage à coups d'épée ?

— Tel n'a pas été le cas. C'est ce qui me fait penser que la population captive a certainement trépassé rapidement.

Le roi resta silencieux un instant.

— Bien sûr, tous leurs trésors sont restés là-bas, reprit-il. Si on parvenait à atteindre cette ville, de telles richesses constitueraient un apport appréciable pour le royaume. Une découverte lucrative, mais aussi l'occupation d'un avant-poste bien utile pour garder un œil sur nos ennemis. Ce serait enfin un lieu parfait pour organiser les conférences de paix entre les souverains en guerre.

— Et tu comptes trouver cette ville enfouie ? demanda le prince.

Le roi sourit et prit le temps de boire une gorgée de vin.

— Non, mon fils. Je veux que toi tu partes à sa recherche. Tout prince doit découvrir le monde et vivre une aventure avant de se caser. Cette quête est pour toi.

Plusieurs des jeunes gens autour de la table se mirent alors à parler en même temps, avec excitation. Au centre, comme un joyau serti dans une couronne, le prince rayonnait.

— Alors je vais la trouver, père ! J'en fais le serment. Je la trouverai.

Le chasseur dormait à poings fermés lorsque son père le réveilla, l'arrachant à son rêve. Il faisait le même depuis plusieurs nuits, un songe si intense et puissant qu'il lui restait ensuite en tête toute la journée. Il y voyait une jeune fille à la chevelure aussi flamboyante que les feuilles à l'automne, qui lui tombait en boucles épaisses dans le dos. Elle courait dans la forêt et il la pourchassait, suivant les reflets d'or et de cuivre de ses cheveux et ses éclats de rire. À aucun moment il ne parvenait à voir son visage. Il galopait de toute la vigueur de ses jambes, avec la même insouciance que dans son enfance. Dépourvu des connaissances et de l'instinct qu'il avait développés en matière de traque, il ne se rendait pas compte que les bois se transformaient autour de lui. Les bêtes et la nature n'importaient plus. La forêt elle-même perdait toute importance dans son rêve. Une seule chose comptait : rejoindre la jeune fille qui fuyait devant lui, insaisissable et évanescente. Son cœur lui martelait la poitrine et le fracas de son souffle lui emplissait les oreilles.

Il se redressa brutalement dans son lit, complètement perdu et l'esprit tout confus. Son père lui sourit.

— Encore la fille ?

Le chasseur hocha la tête.

— Tu as de la chance. Bien rares sont ceux qui font ce rêve. Comme je te l'ai dit, c'est ton véritable amour que tu y vois. Mais maintenant, tu vas devoir te mettre à sa recherche.

— Ce qui est sûr, c'est que ce n'est pas une fille du village, dit le jeune homme dans un bâillement.

— Et c'est tant mieux. Tu as déjà eu la plupart des filles du coin – à moins que ce ne soit l'inverse.

Le père et le fils échangèrent un sourire. Tous deux d'un naturel bienveillant, ils ne voyaient aucun mal à ces rapprochements entre hommes et femmes avant que ne soient prononcés des vœux de mariage. Après tout, les humains n'étaient que des animaux, et la vie au cœur de la forêt était souvent rude. Chacun se devait de prendre tout le réconfort que les circonstances lui offraient.

— Pourquoi m'as-tu réveillé ? demanda le chasseur en s'étirant.

Il enfila une chemise. Au-delà du cercle de lumière dessiné par la torche de son père, le chasseur devinait l'obscurité qui régnait encore au dehors. Il sentait dans l'air la fraîcheur vive et piquante de cette nuit de printemps. Minuit ne devait être passé que depuis deux ou trois heures tout au plus ; l'aube était encore loin.

— Les hommes du roi sont venus te chercher, répondit son père, mais rien de grave, ajouta-t-il aussitôt en levant une main rassurante. Ils veulent le meilleur jeune chasseur du coin et les anciens t'ont tous désigné.

— Je suis le meilleur, marmonna le chasseur. Mais que veulent-ils me faire chasser ?

Par la fenêtre, il aperçut plusieurs soldats, tous vêtus d'une livrée rutilante et montés sur des pur-sang.

— Ils veulent que tu joues les nourrices pour le prince. Tu vas l'accompagner dans une excursion jusqu'aux contreforts de la Montagne lointaine.

Le chasseur sentit l'air lui manquer. Il n'avait pas de temps à perdre avec les rois et les princes. D'après les informations qu'il avait pu glaner autour du feu au cours des longues chasses d'hiver, leur fréquentation n'apportait jamais rien de bon.

— Il ne peut pas veiller tout seul sur lui-même ? demanda-t-il.

Son père émit un petit ricanement.

— C'est un prince. Il n'est pas de taille à affronter la forêt. Au bout d'une journée, il serait déjà perdu. Et au bout de deux, il serait affamé…

— …et des bêtes le dévoreraient au bout de trois, acheva le chasseur.

À l'extérieur, les chevaux piaffaient, trahissant l'impatience de leurs cavaliers.

— En gros, je n'ai pas le choix, soupira le chasseur en attrapant son couteau, sa hache, puis le vieux sac de cuir dans lequel il transportait son eau et ses vivres.

— Exactement, mon fils. Le roi a décrété que le prince avait besoin de vivre une aventure.

À la lueur mouvante de la flamme, le visage tanné et ridé de son père évoquait une tête taillée dans la pierre.

— Mais peut-être que tu en as besoin toi aussi, poursuivit le vieil homme avec un sourire. Peut-être que tu trouveras ta belle rouquine en chemin.

— La fille de mon rêve ? demanda le chasseur sur un ton ironique.

— On a déjà vu chose plus étrange se produire.

— Si je ne laisse pas ma peau dans cette affaire à cause du prince, dit le jeune homme en sortant dans la nuit, sans un regard en arrière pour son père, ni pour aucun des chasseurs et des femmes sortis sur le seuil de leurs modestes cabanes pour le regarder partir.

Les adieux à rallonge n'étaient pas vraiment leur genre. Soit il reviendrait un jour, soit il ne reviendrait pas. Les chasseurs se connaissaient suffisamment bien les uns les autres pour s'épargner ce que les autres hommes éprouvaient le besoin de se dire – sans le penser sincèrement. Il grimpa en selle et flatta l'encolure de sa monture. Le cheval hennit doucement – la nature reconnaissait la nature. Puis la petite troupe se mit en route, laissant derrière elle le hameau figé dans les prémices incertaines de l'aube.

Le chasseur avait déjà été à la ville, mais il n'en avait visité que les marchés des faubourgs. Quand le soleil venait se refléter sur les fenêtres, le château étincelait de mille feux, comme un diamant au cœur de la cité. Vu de loin, il paraissait n'être qu'une illusion. Le chasseur ne parvenait pas à comprendre comment des hommes pouvaient construire de pareils édifices. *Combien sont morts pour extraire des milliers de pierres des carrières, les transporter jusque-là et les hisser au sommet de ces murs parfaitement lisses ?* se demandait-il. *Le roi a-t-il seulement jamais songé au prix payé par les gens ordinaires ?*

Debout devant le souverain, le chasseur en doutait. Bourru et vieillissant, le visage empâté, le monarque n'en conservait pas moins un regard froid et aiguisé.

— On me dit que tu es le meilleur des chasseurs, dit le roi en détaillant le nouvel arrivant de la tête aux pieds. Que personne ne connaît la forêt aussi bien que toi.

— Je connais la forêt, répondit le chasseur, sans chercher à s'étendre sur ses qualités.

L'opinion du roi était déjà arrêtée, sans quoi il ne serait pas là devant lui. La vantardise ne menait bien souvent qu'à la chute. La seule raison pour laquelle il aurait pu vouloir en user aurait été dans l'idée de s'attirer les bonnes grâces du roi en vue d'une faveur. Or, le chasseur ne demandait rien. Contrairement à la plupart des sujets du royaume, il ne se sentait en effet aucune attirance pour le clinquant de la cour. C'était un milieu qu'il ne comprenait pas et qui ne lui inspirait que méfiance.

— Et tu sais te servir d'un couteau ? Et d'un arc ?

Le chasseur haussa les épaules.

— Je chasse. Ce sont mes outils.

— Tu n'es pas très bavard, dit le roi avec un sourire, en se laissant aller contre le dossier de son trône incrusté de rubis et d'émeraudes si énormes que le chasseur pouvait presque se voir dedans. Ça me plaît.

Le roi laissa filer un instant, comme s'il attendait que le chasseur réponde quelque chose à son compliment. Puis son sourire s'effaça, et il poursuivit sur un ton plus sérieux :

— Le prince est mon fils unique. Il a besoin de vivre une aventure. Mais il doit absolument revenir en vie. C'est mon héritier, et le royaume a besoin de lui.

— Je ferai de mon mieux, répondit le chasseur. Mais je ne suis qu'un homme.

— Sache que si tu revenais sans lui, ça irait mal pour toi.

Toute trace de cordialité avait déserté le visage du roi.

— Ou pour ton village, ajouta-t-il encore.

Le père du chasseur, qui n'était pas sans avoir vécu lui-même quelques aventures, avait mis son fils en garde contre les manières impitoyables des riches et des rois. Les menaces du monarque ne le surprirent donc pas.

— Comme j'ai dit, je ferai de mon mieux, Majesté. C'est tout ce que je peux offrir.

Le roi fronça les sourcils ; de toute évidence, il essayait de déterminer si le chasseur était ignorant, voire obtus, ou s'il se permettait de parler en toute franchise en ce lieu où chaque phrase était d'ordinaire lourdement lestée de sous-entendus. Pour finir, il hocha la tête en grognant.

— Bien, dit-il en passant ses doigts épais sur ses joues rubicondes. Le prince ne doit jamais savoir que cette conversation a eu lieu. Il sait que tu es son guide et que tes connaissances lui seront nécessaires pour traverser la forêt, mais il doit se voir comme le héros de cette histoire. Tu comprends ? Ton rôle de protecteur ne doit jamais être évoqué.

Le chasseur hocha la tête. Il n'avait pas de temps à perdre avec ces histoires de héros et d'amour véritable – en dépit des rêves qui venaient le visiter.

— Bien, répéta le roi. Parfait.

Le chasseur fit la connaissance du prince aux écuries, où il était occupé à choisir leurs montures – de fiers destriers à la robe noire et aux muscles puissants. Le prince était aussi blond que le chasseur était brun, et son sourire sympathique charmait tout le monde. *Au moins, il a l'air en bonne forme physique,* songea le chasseur. Ils avaient sensiblement le même âge. Après tout, le voyage ne serait peut-être pas une si douloureuse épreuve. Le prince serra vigoureusement la main du chasseur, avant de l'attirer à lui pour lui tapoter l'épaule.

—Nous partons à l'aube, dit-il avec un clin d'œil, ce qui nous laisse toute la nuit pour aller faire nos adieux aux beautés des tavernes ! Le vin et les femmes nous attendent, mon nouvel ami. Ensuite, nous irons chercher un nouveau château pour le royaume !

Le chasseur se força à sourire, mais le cœur lui manquait. Ce n'étaient ni le vin ni les femmes qui l'effrayaient – surtout pas les femmes. Non, le problème était que le prince semblait se prendre pour un héros avant d'avoir entrepris quoi que ce soit. Et ça, ce n'était pas une bonne chose. Quand un chasseur devient trop présomptueux, il a toutes les chances de finir éventré. *Que va-t-il advenir de ce joli petit prince ?* se demanda-t-il. *Et comment est-ce que je vais bien pouvoir le sauver ?*

2

PUTAIN DE MAUDITS LOUPS...

Elle n'avait pas prévu de rentrer par ce chemin, mais ses pieds avaient comme décidé d'eux-mêmes d'emprunter le sentier, aussi les avait-elle suivis. Pourtant, son petit panier rempli à ras bord était lourd à son bras. Elle aurait dû choisir la voie la plus directe pour se rendre à la chaumière de sa grand-mère ; seulement, en ce début de printemps, la forêt était en plein éveil, et les taillis d'églantiers exhalaient d'incomparables senteurs auxquelles, comme à l'accoutumée, elle avait été incapable de résister.

Les villageois n'osaient pas venir jusque-là. C'était toujours à voix basse qu'ils évoquaient cet endroit et les bruits étranges qu'on y entendait à la nuit tombée. Les enfants l'évitaient prudemment. Pour sa part, Petra s'était toujours sentie attirée par ce lieu. Elle posa son panier sur l'herbe épaisse et repoussa la capuche de sa cape rouge pour mieux regarder vers le haut. Le mur de végétation vert foncé s'étirait aussi loin que portait son regard, au point qu'elle ne voyait même plus la montagne qui se dressait derrière. Çà et là, de petites fleurs venaient ponctuer d'une tache plus claire l'immensité du roncier.

Comme elle le faisait chaque fois, elle enveloppa ses mains dans les pans de son manteau pour les protéger des épines et tenta d'écarter les branches pour voir ce qui se dissimulait de l'autre côté. En vain. Tout ce qu'elle apercevait, c'étaient d'autres branches et d'autres vrilles solidement nouées ensemble. Elle retint son souffle et tendit l'oreille ; l'air n'était peuplé que du chant des oiseaux et du bruissement de la forêt, comme d'habitude en pleine journée. Petra eut bien du mal à ravaler son désappointement. Un soir, peut-être parviendrait-elle à se glisser jusqu'ici pour entendre le hurlement plaintif que le vent de la nuit portait parfois au-delà de l'impénétrable maquis. Ce son effrayait peut-être petits et grands, mais il recelait quelque chose qui parlait à Petra et la laissait le cœur lourd. Longtemps, elle n'avait fait qu'écouter, mais une nuit, elle avait rejeté sa capuche en arrière et hurlé à son tour en réponse. La forêt tout entière s'était mise à vibrer et trembler lorsque leurs deux voix n'en avaient plus fait qu'une. C'était devenu comme un chant, un secret mystérieux et suave qui la faisait frissonner d'une façon qu'elle ne comprenait pas vraiment. Elle brûlait de franchir le mur de ronciers pour aller retrouver l'autre moitié du duo. Quelle pouvait être la bête ainsi retenue prisonnière ? Pourquoi semblait-elle si désespérément condamnée à la solitude ? Et quelle force avait bien pu commander à la forêt de dresser une telle forteresse, si insondable et redoutable qu'aucun homme n'avait jamais tenté de la franchir ?

— Je pensais bien te trouver ici.

Petra sursauta légèrement en entendant la douce voix.

— Désolée, mère-grand, dit-elle en se retournant. Je…

— Je sais, dit sa grand-mère. C'est le hasard qui t'a menée ici.

C'était une femme petite et robuste aux joues roses, d'une nature agréable et au solide sens de l'humour. Quelques mèches grises s'échappaient de son fichu. Petra l'adorait.

— La forêt fait cet effet parfois, aux endroits et aux gens. Lorsque ta mère – qu'elle repose en paix – était petite, elle était toujours à traîner du côté de l'étang émeraude. Elle passait des heures à l'observer, dans l'espoir d'apercevoir une ondine ou je ne sais quelle autre fadaise.

Elle sourit à sa petite-fille – qui lui rendit son sourire. Petra ramassa son panier et tourna le dos à l'exubérante végétation qui la fascinait et poussait de façon si étrange. Elle avait souvent entendu le récit des escapades de sa mère, mais elle ne s'en lassait pas. Et puis, elle savait que sa grand-mère, déjà joyeuse par nature, était toujours heureuse de les lui raconter.

— J'ai préparé de la soupe pour le déjeuner, dit sa grand-mère. Rentrons.

Elles papotèrent en chemin, se racontant leurs matinées respectives, tout en suivant des sentes à peine visibles à travers le sous-bois. À coup sûr, un œil étranger ne les aurait jamais remarquées.

Le ruisseau qui coulait à leur gauche vint croiser leur route, son murmure cristallin se mêlant aux bruits de leur conversation. Enfin, elles parvinrent à la clairière où se dressait la chaumière de la vieille femme. De la fumée s'échappait de la cheminée. Dans les massifs et les bordures autour de la maison, les fleurs étaient en boutons. L'ensemble aurait pu composer un tableau paisible et magnifique, mais comme bien trop souvent ces derniers temps, un détail venait le gâcher : une traînée de sang et d'entrailles qui partait de l'arrière de la maison pour disparaître au-delà de la lisière.

— Oh non, pas encore ! s'étrangla la grand-mère de Petra.

Elles s'élancèrent vers l'enclos à l'arrière de la maison, où la vieille femme gardait ses précieuses chèvres. Malgré la différence d'âge, la panique leur donnait des ailes à toutes les deux. Elles découvrirent exactement ce que Petra redoutait. La porte en avait une nouvelle fois été défoncée. Depuis un coin quelque part sous le couvert des taillis et des arbres leur parvint un hurlement sourd de victoire – un hurlement qui n'avait rien à voir avec les notes plaintives du chant qui attirait tant Petra vers le mystérieux mur végétal. C'était le cri d'un animal farouche et affamé.

— Maudits loups ! Putain de maudits loups.

— Je la réparerai, dit Petra posément, et je la consoliderai.

Sa grand-mère circulait parmi le petit troupeau effrayé, frileusement rassemblé tout au bout de l'enclos.

— Adolpho. Il a emporté Adolpho.

Petra n'avait encore jamais tenté de convaincre sa grand-mère d'aller vivre au village, sachant combien la vieille femme aimait le calme et la tranquillité de la forêt. Cependant, elle commençait à se dire que ce serait peut-être une bonne idée. L'hiver avait été rude. Les loups, d'ordinaire plutôt rares dans cette partie du massif, étaient arrivés en une horde affamée et n'avaient pas quitté les lieux après le dégel. Les habitants du coin avaient appris à composer avec la ruse du renard, mais les loups étaient une engeance autrement puissante et dangereuse. Les hommes du village parlaient de têtes de bétail emportées dans la nuit par deux ou trois bêtes attaquant de concert. Ils avaient bien essayé de les chasser, mais la meute était insaisissable.

— Rentre, mère-grand, dit Petra. Je vais m'occuper de nettoyer et de ranger.

Elle savait que sa grand-mère avait besoin d'un petit moment de calme pour pleurer sa chèvre disparue. Elle n'ignorait pas non plus que les loups allaient revenir. C'était une certitude. *Et combien de temps s'écoulera-t-il avant qu'ils se disent qu'ils pourraient bien te manger, toi, mère-grand ? Surtout s'ils ne peuvent plus accéder aux chèvres. Il faudrait dresser autour de ta chaumière une muraille de taillis et de ronces aussi haute que celle au pied de la montagne. Il faut te protéger, mère-grand…* Un second hurlement se joignit au premier ; les loups se moquaient d'elle. Petra jura en silence, puis alla chercher des planches et du fil de fer dans le petit appentis. Elle n'allait pas abandonner comme ça. Pas question que les loups remportent le morceau. Elle s'activa avec ardeur et colère, totalement absorbée par sa tâche, les cheveux tombés dans les yeux. Elle rêvait que le loup du lointain vienne mettre au pas ses cousins et les éloigne d'elle. Comme ça, elle n'aurait pas à s'esquinter les mains avec des échardes, le corps couvert de sueur.

Elle n'avait pas encore fini ses travaux quand des bruits lui parvinrent de la chaumière. Un choc, un cri, puis le fracas d'assiettes renversées.

— Mère-grand ! cria-t-elle.

Folle d'inquiétude, elle lâcha tout pour se précipiter à l'intérieur.

Au bout de plusieurs journées passées à voyager ensemble dans la forêt, les deux hommes s'étaient installés dans un silence confortable. Le tout premier jour, après leur départ salué en fanfare par le roi et toute sa compagnie, ils n'avaient progressé que très lentement – le prince avait la gueule de bois. Pour sa part, le chasseur avait l'œil vif et les idées claires. Au cours de la nuit, il n'avait guère participé aux agapes. Toujours en lisière du groupe des noceurs, il avait passé son temps à grincer des dents chaque fois que le prince le présentait à un de ses amis comme son nouveau serviteur. Les chasseurs n'étaient au service de personne, hormis celui de la nature. Il avait bu un ou deux verres de bière, mais les jeunes gens chahuteurs ne l'avaient pas particulièrement convié à se joindre à eux. Au demeurant, cela lui avait parfaitement convenu ; il ne les avait pas trouvés très impressionnants. Lorsque l'aube s'était annoncée, le chasseur n'avait été que trop heureux d'aller réveiller le prince pour se mettre en route. Il en avait plus qu'assez de la ville. Il rêvait déjà de l'instant où leur « aventure » serait achevée et où il pourrait s'en retourner chez lui. D'ici là, cheminer en forêt lui donnerait le sentiment que c'était déjà un peu le cas.

Lorsqu'ils dressèrent leur campement pour la nuit, le grand air avait suffisamment requinqué le prince pour que celui-ci allume un feu, pendant que le chasseur partait chercher de l'eau et tuait un lapin pour leur dîner. Dans un premier temps, le prince avait voulu à tout prix établir sa supériorité et impressionner le chasseur en lui racontant sa vie au château. Puis il avait manifesté le désir d'en apprendre plus sur l'existence rustique de son guide. Le chasseur avait répondu de son mieux tout en dépiautant son gibier pour le cuisiner. Loin de la pression de ses pairs, le prince commençait à admirer malgré lui son compagnon de voyage. En retour, le chasseur avait quelque peu révisé son jugement sur l'altesse à qui il servait d'escorte.

Les quelques jours suivants s'étaient donc déroulés au mieux ; il leur était même arrivé de rire ensemble à une plaisanterie ou une anecdote de l'un ou l'autre. Sans doute ne seraient-ils jamais spontanément devenus amis, mais ce n'était pas non plus la faute du prince si le roi avait arraché le chasseur à son village pour le charger de cette mission – en faisant en outre peser sur lui le sort de ses amis et voisins. Le chasseur entendait bien faire de son mieux ; après tout, peut-être sortiraient-ils tous deux de cette expérience plus sages et plus avisés.

Après dix jours de pérégrinations, la Montagne lointaine était désormais beaucoup plus imposante à l'horizon ; la forêt était plus dense, plus verte, plus luxuriante, et débordait plus encore de vie. Dans l'air, les délicates senteurs du printemps s'étaient chargées de nuances plus âcres et plus lourdes. Ils tombèrent sur un vaste étang, mais quand ils en burent l'eau, celle-ci était si amère qu'ils durent la recracher. Avec un frisson, le prince décréta que c'était la magie dont ils sentaient l'odeur et le goût – à quoi le chasseur rétorqua que la magie n'était rien de plus qu'un autre visage de la nature, qu'il ne fallait ni craindre ni révérer. Avant que leur discussion ne tourne à la dispute, ils aperçurent derrière un rideau d'arbres, quelque part sur leur droite, une cheminée d'où s'échappait de la fumée.

— Voilà des habitants qui sauront nous dire où trouver de l'eau bonne à boire, dit le chasseur.

— Ce n'est pas toi qui es censé la trouver ? s'étonna perfidement le prince.

Ignorant la remarque, le chasseur dénicha une sente presque invisible à travers les taillis, qui les mena à une adorable clairière au centre de laquelle se dressait une chaumière entourée de fleurs magnifiques. Il y avait aussi sur l'herbe une infime traînée sanguinolente, que seul l'œil d'un animal ou d'un chasseur pouvait repérer. Ce dernier fronça les sourcils. *Il y a eu du grabuge ici.* Il se figea pour observer les alentours. Par la porte d'entrée ouverte leur parvint soudain un cri, suivi d'un bruit de vaisselle qui se brise. Il saisit son poignard et se mit à courir.

— Mère-grand ! cria une voix féminine à l'arrière de la maison.

Sans s'arrêter un instant, le chasseur et le prince déboulèrent à l'intérieur.

Un grondement sourd leur parvint depuis l'autre côté d'une pièce à vivre confortablement meublée. Le prince, l'épée tirée, et le chasseur armé de son couteau pivotèrent d'un bloc pour venir buter contre une table.

Un grand loup gris, babines retroussées, grattait la porte d'un grand placard dans un angle de la pièce. Soudain, la porte s'entrouvrit et le manche d'un balai fit son apparition.

— Ouste ! File !

Fébrile, le prince brandissait si haut son épée dans la petite pièce que le chasseur dut se baisser pour ne pas perdre une oreille.

— Faites attention avec cette lame, murmura-t-il tandis que le loup se tournait vers eux.

L'animal grognait et paraissait prêt à bondir. En découvrant ses gigantesques canines aiguisées et sa gueule pleine de sang, le prince pâlit.

— Nous devrions peut-être fuir.

— On ne courra jamais plus vite que lui, répondit le chasseur à voix basse.

Le loup gronda de nouveau. Légèrement tremblant, le prince attrapa le bras du chasseur pour le tirer en arrière. Ce faisant, il le déséquilibra, réduisant du même coup à néant toute possibilité pour lui de se défendre.

La bête sentit leur peur et bondit sur eux par-dessus la table, affamée et fou de rage. D'une bourrade, le chasseur envoya bouler le prince qui s'accrochait à lui. Le prince valdingua dans un vaisselier, où il réduisit quelques assiettes en miettes. Malheureusement, lorsque le loup fondit sur lui, le chasseur avait perdu l'équilibre. Étouffant un juron, il se prépara à sentir les griffes et les crocs lui déchirer la peau.

À cet instant, une flèche passa en sifflant à côté de lui pour venir se ficher avec une précision diabolique dans le poitrail du loup. Tout élan brisé, la bête émit un gémissement geignard et s'effondra sur la table. Un frisson lui parcourut l'échine, puis ce fut fini. Le prince et le chasseur se remirent debout, les yeux rivés sur l'animal mort, avant de se tourner lentement vers la jeune fille qui se tenait sur le seuil, un arc à la main.

— Tu peux sortir, mère-grand, dit-elle doucement. Il est mort.

La nouvelle arrivée contemplait le loup avec un mélange de dégoût et de tristesse. Elle regarda ensuite les deux hommes. L'un d'eux était vêtu d'habits somptueux avec un insigne royal sur son manteau rouge et tenait une épée ; l'autre portait la tenue de cuir et de rude toile verte des chasseurs.

—Messieurs, dit-elle. Que puis-je faire pour vous ?

—Nous avons entendu des cris, expliqua le chasseur. Nous sommes venus prêter main-forte, mais apparemment, vous aviez la situation bien en main.

—Nous espérions que vous pourriez nous indiquer où trouver le ruisseau le plus proche, intervint le prince d'un air assuré, comme pour faire oublier que quelques instants auparavant, il tremblait comme une feuille face au loup dont il ignorait maintenant totalement la dépouille sur la table devant lui. Cela fait des jours que nous voyageons et nous ne sommes pas encore familiers de cette partie de la forêt. Nous avons trouvé un étang, mais l'eau n'y est pas potable. Nous avons ensuite entendu du bruit, puis vu la porte grande ouverte. Et nous sommes entrés.

—Oh, on dit que cet étang est maudit. Mais tout cela pourra attendre qu'on ait fini de dîner. Les loups nous ont vraiment gâché la journée.

Une vieille femme sortit alors du placard. Elle était petite et massive, et son visage enjoué portait les traces d'une vie passée au grand air. Elle posa le manche à balai qu'elle tenait, puis se tourna vers les deux hommes avec un sourire.

—Vous allez bien rester avec nous pour manger ? Le ragoût est presque prêt et il y en a plus qu'il n'en faut, leur dit-elle.

Avec un soupir, la jeune fille posa les mains sur les hanches.

— On ne les connaît pas, mère-grand. Ça pourrait être n'importe qui.

Par-dessus son lorgnon, sa grand-mère détailla les deux arrivants de la tête aux pieds.

— Tout le monde est quelqu'un, ma petite Petra. Celui-là a tout l'air d'appartenir à la famille royale, et l'autre me paraît être un chasseur. On peut toujours faire confiance aux chasseurs. C'est ce que ma mère me disait. Et maintenant, au travail. C'est agréable d'avoir de la visite, poursuivit-elle avec un sourire chaleureux. Les étrangers venus de très loin qui frappent à ma porte piquent toujours ma curiosité.

— Ils peuvent au moins m'aider à débarrasser, répliqua la jeune fille, de toute évidence moins convaincue que son aïeule.

— Nous nous ferons un plaisir de nous rendre utiles, dit le prince en exécutant une petite courbette.

Nullement impressionnée par ces manifestations de bonne volonté, la jeune fille saisit le loup par ses pattes avant.

— Alors, que l'un d'entre vous m'aide à sortir cette bestiole.

Pendant que Petra et sa grand-mère remettaient de l'ordre dans la chaumière, le chasseur et le prince s'en allèrent consolider l'enclos des chèvres. Lorsqu'ils eurent fini, le chasseur badigeonna du sang du loup tous les poteaux jusqu'à ce qu'ils donnent l'impression d'avoir été peints en rouge. À l'intérieur, les chèvres piétinaient nerveusement.

— Voilà qui tiendra les loups éloignés, expliqua-t-il à Petra venue inspecter la marche des travaux. Mieux vaut des chèvres nerveuses que des chèvres égorgées.

Petra ne trouva rien à y redire. Le chasseur vit les épaules de la jeune femme se détendre quelque peu. Ils n'étaient sans doute pas encore amis, mais elle ne les considérait déjà plus comme des étrangers importuns.

Il régnait une douce chaleur dans la chaumière ; la perspective d'y passer la nuit était bien enthousiasmante. Petra alla chercher du vin. Il y avait du pain et du ragoût en quantité suffisante pour qu'ils mangent tous à satiété – et qu'il en reste même encore une portion. À sa grande satisfaction, le chasseur vit le prince laisser quelques pièces d'or sur le buffet quand il pensait que personne ne le regardait. Quand ils sortirent de table, il faisait noir au dehors. Ils se rassemblèrent devant l'âtre, pour profiter de la lumière et de la chaleur des flammes.

— Alors, demanda la vieille dame, qu'est-ce qui vous amène dans ces confins du royaume ?

Elle se balançait tranquillement d'avant en arrière dans un fauteuil à bascule, ses aiguilles à tricoter cliquetant l'une contre l'autre.

— Nous sommes à la recherche d'une légende, expliqua le prince. Mon père m'a chargé de trouver un château perdu, disparu voici plus de cent ans. Il serait caché derrière un genre de muraille composée d'arbres et de taillis emmêlés...

— Un mur végétal ? s'exclama Petra en se redressant sur son fauteuil. Je sais où...

— Chut, ma chérie, dit sa grand-mère en lui tapotant le genou. Chaque chose en son temps.

Depuis leur arrivée, la jeune fille était restée extrêmement calme et silencieuse, au point que le chasseur en avait été intrigué. Contrairement aux filles de la ville, Petra n'était nullement impressionnée par la présence du prince, et le chasseur ne l'en appréciait que plus.

— Et pourquoi votre père vous envoie-t-il à la recherche de ce château ? demanda la vieille dame.

— Selon lui, tout jeune homme doit vivre une aventure, intervint le chasseur, avant que le prince ne sème la confusion en parlant d'avant-postes et de territoires à conquérir.

— Et c'est une bonne raison, dit la grand-mère avec un sourire.

Elle hocha la tête et reposa son ouvrage.

—Avez-vous entendu parler de cet endroit ? demanda le prince.

—Oh oui, répondit la vieille, l'œil brillant. Ma mère en parlait parfois. Elle était alors plus vieille que je ne le suis aujourd'hui – et son esprit n'était plus aussi sûr qu'il l'avait été. D'après ce qu'elle disait, c'est un lieu bien étrange. Mais après tout, toutes les villes le sont un peu. En toute honnêteté, ma mère racontait toujours un tas d'histoires dont on ne savait jamais démêler le vrai du faux.

—Moi, je vais jusqu'au mur, intervint Petra, le visage subitement empourpré. Il m'arrive d'entendre un bruit qui vient de l'intérieur. Un cri déchirant qui me hante.

—Je crois que c'est plus que ça, ma chérie, dit sa grand-mère en posant sur elle un regard empreint d'affection. Tu devrais aller avec eux.

—Oh non, s'exclama Petra en serrant le bras de son aïeule. Je reste avec toi. Je ne veux pas qu'il t'arrive quoi que ce soit.

—Ne dis pas de bêtises, ma chérie. Tu sais, il n'y a pas que les hommes qui ont besoin d'aventure. Tout le monde doit trouver sa destinée. Et s'il y a quelque chose qui t'appelle de l'autre côté de ce mur, c'est que tu dois t'y rendre. Ainsi vont les choses.

—Non, répéta Petra, alors que l'étincelle dans ses yeux trahissait combien elle brûlait d'y aller. Les loups sont bien trop nombreux dans la forêt. Si l'enclos résiste et qu'ils ne parviennent pas atteindre les chèvres, que se passera-t-il ? S'ils revenaient s'en prendre à toi, comme aujourd'hui ?

Après avoir les avoir observées toutes les deux pensivement, le chasseur les laissa au coin du feu en compagnie du prince et sortit dans la nuit. Il tira la carcasse du loup dans les bois pour travailler à son aise, puis emporta le fruit de ses efforts jusqu'à l'étang pour l'y laver à grande eau. Il se fiait à son instinct et à son sens de la forêt pour savoir où aller. Lorsqu'il eut fini, il était en nage, mais content de lui.

—Tenez, dit-il en rapportant son ouvrage. Voilà qui devrait les tenir à l'écart. À cause de l'odeur, ils vous prendront pour l'un des leurs.

—Qu'est-ce que c'est ? demanda Petra.

—Une peau de loup, expliqua le chasseur en aidant la vieille femme à s'emmitoufler dans la fourrure.

Elle posa ensuite sa propre couverture sur ses épaules et rabattit sur sa tête la capuche de la peau de bête.

—C'est seyant et confortable, dit-elle.

Sa voix paraissait sortir du museau du loup. Ses mains glissées sous les pattes de la bête, avec les griffes posées sur les doigts, composaient un tableau bien étrange. Surtout qu'elle continuait de tricoter.

—Tu as une mine pour le moins étonnante, gloussa Petra. On dirait qu'un loup a passé tes vêtements!

Ils éclatèrent tous de rire, tandis que la vieille femme continuait de se balancer dans son fauteuil.

—Je l'aime bien, affirma-t-elle d'un ton catégorique. Et je vais pouvoir faire des économies de bois, avec cette pelisse pour me tenir chaud. Et comme ça, poursuivit-elle en se tournant vers sa petite-fille, la tête un peu relevée pour qu'on voie sa bonne bouille sous la gueule du loup, toi, tu peux aller vivre ton aventure.

Les choses en furent donc ainsi décidées. Les deux hommes confieraient leurs chevaux aux bons soins de la grand-mère et Petra se joindrait à eux.

Le lendemain matin, ils avalèrent un copieux déjeuner composé d'œufs, de bacon et de champignons, puis la grand-mère de Petra emballa du pain et du fromage, qu'elle glissa dans le sac du chasseur. Après cela, elle déposa le manteau rouge sur les épaules de sa petite-fille. Elle souriait et ses yeux scintillaient, mais Petra paraissait sur le point de fondre en larmes.

—Je t'aime, ma mère-grand, dit-elle.

—Moi aussi, je t'aime, ma Petra, répondit la vieille en serrant très fort la jeune fille dans ses bras. Ta vie est là-bas, qui t'attend. Elle n'est pas ici. Ne t'inquiète pas pour moi, tout ira bien.

La vieille femme les salua depuis le seuil de sa chaumière, tandis que la jeune fille les menait vers le mur végétal et ce qui pouvait se trouver au-delà.

3

IL ÉTAIT UNE FOIS...

Il était une fois un jeune roi en train de chasser dans la forêt qui s'étendait aux marches de sa cité. Il n'était pas monté sur le trône depuis bien longtemps, mais c'était un homme bon, de sorte qu'il pleurait le trépas de son père au lieu de se réjouir du pouvoir qui venait de lui échoir. Il aimait chasser seul, pour s'accorder un peu de temps à lui, loin des rigueurs de la cour et des devoirs de sa charge.

La journée était chaude et, comme son deuil lui avait faire perdre le goût de traquer et tuer les créatures vivantes, il mit pied à terre pour mener son cheval à un vaste étang, dont les eaux bleues étaient si froides et profondes qu'une source devait sûrement jaillir au fond de son lit.

Le jeune roi s'assit sur la berge pendant que sa monture buvait. Le regard perdu dans le vague, flottant sur la surface bleutée, il sombra dans ses pensées. On raconte aujourd'hui qu'au plus profond de l'étang, la plus rare des créatures, une ondine, sentit le désarroi du jeune souverain et leva les yeux vers lui. Elle vit son beau visage, si triste sous le poids du chagrin et des responsabilités qu'elle en fut touchée. Sans même y penser, elle vint à la surface.

Les deux jeunes gens tombèrent sur-le-champ amoureux l'un de l'autre. Afin de pouvoir épouser son roi, l'ondine renonça à sa demeure au fond des eaux. Elle regagna la ville avec lui et devint sa reine.

Dans un premier temps, les conseillers du roi – et bon nombre de gens ordinaires – émirent quelques réserves sur cette union. Cependant, la nouvelle reine parvenait à contenir en elle sa magie, et elle était toujours si gentille, si délicate et éthérée qu'on ne tarda pas l'aimer autant que le roi l'adorait, en dépit de sa beauté glacée et de la couleur toujours changeante de ses yeux, semblable à la surface de l'eau sous la lumière du soleil. Le royaume finit par être pleinement satisfait.

Si l'appel de l'eau et le souvenir de sa vie solitaire d'autrefois tiraillaient parfois la reine, elle dissimulait ses émotions en usant de sa magie. Dans l'ensemble, elle était heureuse et adorait son roi plus que tout – c'était le plus important. Certains jours, quand l'envie devenait insoutenable, elle retournait dans son étang pour s'y plonger avec délice et sentir sur sa peau la caresse douce et apaisante de l'eau. Toutefois, ces visites n'étaient pas si fréquentes, et elle quittait toujours son étang sans un regard en arrière. Son mari l'attendait.

Une chose, une seule, jetait une ombre sur leur bonheur : l'absence d'un enfant, garçon ou fille, qui aurait parachevé leur union et garanti l'avenir du royaume. Alors que les mois passaient sans aucun signe de grossesse, alarmé par la tristesse de son épouse magnifique, le roi se résolut à demander conseil à une sorcière qui vivait dans une tour loin, très loin. Il la supplia de leur venir en aide, et après quelques minutes de réflexion, elle lui sourit et lui dit qu'elle allait faire quelque chose. Elle annonça au roi que son couple allait connaître la naissance d'une fille – gracieuse, intelligente et bonne. Fou de bonheur, riant et pleurant à la fois, le roi offrit de l'or et des gemmes à la sorcière pour la remercier. Une main levée, elle lui répondit en secouant la tête qu'elle n'avait pas fini. Le roi apprit ainsi que la princesse vivrait heureuse, mais qu'un jour elle se piquerait le doigt au fuseau d'une quenouille et dormirait alors pendant cent ans. Horrifié par ces mots, le roi lui demanda ce qui pouvait être fait pour éviter une telle chose, mais la sorcière disparut dans un nuage de poussière étincelante. Les paroles du roi résonnèrent dans une pièce vide.

Au cours de l'année qui suivit, la reine tomba effectivement enceinte. Grande fut la liesse, et il y eut beaucoup de cérémonies. La reine retourna à l'étang pour informer de son bonheur les esprits des ondines ayant vécu là avant elle et dont la magie irriguait jusqu'à la plus petite goutte de l'étendue d'eau. Elle sollicita aussi leurs conseils au sujet de l'éducation de son enfant, qui serait à coup sûr perturbé d'être ainsi issu de deux peuples si différents, mais les esprits gardèrent le silence, et elle n'eut pour toute réponse que le bruit du vent venant rider la surface. Elle choisit d'interpréter ce mutisme comme le signe qu'elle ne devait pas s'inquiéter. Elle n'allait pas laisser l'appréhension lui gâcher son bonheur.

Le soleil brillait sur le royaume. Le ventre de la reine s'arrondissait et tout était parfait. Le roi, qui n'avait pas oublié les paroles de la sorcière, envoya ses hommes aux quatre coins du pays avec l'ordre de détruire tous les rouets, fuseaux et quenouilles. Il allait préserver son enfant, quel qu'en soit le prix.

Enfin arriva le jour tant attendu. L'accouchement fut difficile. Un énorme orage s'abattit sur le royaume ; la pluie inonda les rues. Pendant deux jours et deux nuits, la reine lutta, transpira et saigna, mais finit par donner le jour à une petite fille en parfaite santé. Malheureusement, les efforts des meilleurs médecins du roi ne parvinrent pas à sauver sa mère. La magnifique jeune femme mourut dans les bras de son mari dévasté. Les eaux de l'étang magique dans la forêt devinrent alors âpres et amères. Dans les couloirs et dans les recoins, les conseillers du roi murmuraient que tous auraient pu prévoir un sort si funeste. Le roi et la reine avaient beau être heureux, leur union était contre-nature.

Au bout d'un mois passé reclus dans ses appartements, le cœur brisé, le roi prit dans ses bras sa petite fille, qui leva vers lui ses grands yeux en gazouillant. Ses cheveux bruns étaient ornés de deux mèches d'un blanc éclatant qui encadraient son visage.

— Belle, dit-il. Nous t'appellerons Belle.

4

UN SOMMEIL PROFOND ET MAUDIT…

Après plus de deux heures passées à tailler et trancher à grands coups dans les branches, les vrilles et les épines qui formaient l'épaisse muraille végétale, les trois voyageurs avaient acquis la certitude que ce phénomène n'avait absolument rien de naturel. C'était un travail lent et harassant. À mesure que le chasseur se frayait un passage avec sa hache, le prince et Petra maintenaient l'espace ainsi dégagé, puis ils s'engouffraient tous ensemble dans la mince ouverture. Dès qu'ils relâchaient les branches derrière eux, la forêt comblait instantanément la trouée. Les branches s'entortillaient à nouveau si étroitement que le passage qu'ils venaient d'emprunter disparaissait de nouveau.

Ils avaient démarré la journée dans une ambiance badine et joyeuse – en particulier le prince et Petra, qui éprouvaient pour tout cela bien plus d'enthousiasme et d'excitation que le chasseur –, mais leurs voix s'étaient tues peu à peu. À présent, les rares mots qu'ils prononçaient concernaient uniquement la tâche à laquelle ils se livraient. Ils avaient chaud et l'épuisement les gagnait. Tassés dans un espace minuscule, ils ne progressaient que très lentement. Le chasseur savait que s'ils s'arrêtaient, ou si leurs outils venaient à se briser, la forêt se refermerait sur eux et ils y resteraient piégés à jamais.

Ils avaient noué un mouchoir sur leur visage pour échapper aux vapeurs entêtantes qui montaient de certaines fleurs, apparemment décidées à plonger ces intrus dans le sommeil. Même quand le corps souple et gracile de Petra se retrouvait plaqué contre le sien, le chasseur restait de marbre. Ces bois étaient dangereux ; de toute évidence, les arbres s'étaient ligués contre eux. Le chasseur avait toujours fait confiance à la forêt. D'habitude honnête, la nature, ici, avait très envie de les empêcher d'aller voir ce qui se cachait derrière le mur d'épines.

Leur entêtement finit toutefois par payer. À bout de souffle, ils parvinrent à s'arracher à l'emprise des taillis et des arbres. Ils étaient libres. Le chaud soleil printanier brillait dans le ciel. Ils restèrent un moment assis dans l'herbe, à rire et reprendre leurs forces en partageant une gourde d'eau. Mais rapidement, l'étrange silence qui les enveloppait devint trop assourdissant pour qu'ils puissent l'ignorer.

— Je n'entends même pas chanter les oiseaux, murmura Petra. Par une aussi belle journée, il devrait y en avoir partout.

Peu à peu, leur humeur se fit moins joyeuse et plus grave. La jeune femme observait le ciel vide en fronçant les sourcils. On apercevait une petite ville dans le lointain. Comme dans tous les royaumes, un château se dressait en son centre.

— Il n'y a pas que les oiseaux, dit le prince. Je n'entends rien du tout. Pas le moindre bruit.

Il disait vrai. Mêmes les arbres bordant la petite piste qui s'étirait devant eux ne bruissaient pas sous la caresse de la brise. Le chasseur sentit ses cheveux se dresser sur sa tête. Lorsqu'ils se remirent en route, sa main n'avait pas quitté le manche de son coutelas. De nouveau, il maudit le roi, le prince et leur soif d'aventures. Comme si la vie, tout simplement, ne suffisait pas.

Un chariot les attendait juste de l'autre côté de la petite colline qu'ils franchirent au sortir de la forêt. Petra suffoqua en l'apercevant, et nul n'aurait pu l'en blâmer. Le chasseur devait bien convenir que c'était une vision étonnante. Le tombereau était arrêté au beau milieu de la voie, son cheval de trait couché par terre à l'avant. Éparpillés autour, une dizaine de moutons à l'épaisse toison et un chien étaient allongés, immobiles. Le chasseur n'aurait su dire au juste à quoi il s'était attendu ; en tout cas, pas à ça.

Tandis que le prince grimpait sur la carriole, le chasseur s'accroupit pour poser une main sur le cheval. Il était chaud sous sa paume ; le sang pulsait dans ses veines à un rythme régulier.

— Hé ! s'exclama le prince. Je crois qu'il est toujours vivant.

Sur le banc du cocher, un gros bonhomme paraissait assoupi, la tête sur la poitrine. Ses mains avaient lâché les rênes. Le prince tenta de le redresser, mais l'homme endormi bascula sur le côté comme une masse.

— Hé ! répéta le prince en le secouant.

Son cri semblait pour le moins incongru dans l'étrange silence qui régnait.

— Hé, réveillez-vous ! Debout !

L'homme ne bougea pas le moins du monde. Il n'émit pas même le moindre grognement, le plus petit bruit de bouche.

Le chasseur examina les animaux. Aucun d'eux n'était mort ou en voie de décomposition, comme il l'aurait cru dans ce royaume perdu. Le prince avait vu juste.

— Ils dorment, murmura-t-il. Ils sont tous endormis.

— Ce n'est pas possible, dit Petra en se laissant tomber à genoux pour caresser le chien. Ils ne peuvent pas dormir depuis tout ce temps. Cent ans. Ce n'est pas possible.

Pourtant, en poursuivant leur chemin, ils constatèrent que c'était parfaitement possible. Toutes les créatures vivantes qu'ils croisaient étaient plongées dans la plus profonde léthargie ; apparemment, toutes avaient sombré dans la torpeur au même instant. Dans un poste de garde à l'entrée de la cité, ils virent deux soldats écroulés sur un échiquier, la joue posée au milieu des pièces. D'autres s'étaient effondrés à l'endroit même où ils devaient s'être tenus en faction. Le chasseur en compta quinze.

— Ça fait tout de même beaucoup de soldats, dit-il.

— Ils étaient peut-être en guerre, répondit le prince. Les royaumes sont perpétuellement occupés à se livrer bataille.

La cité était opulente. Elle comptait de magnifiques demeures édifiées au milieu de petits parcs, dont les hautes grilles étaient elles aussi gardées par des hommes en armes. Même les bâtisses plus ordinaires, plus proches du château, étaient jolies et parfaitement entretenues ; néanmoins, les massifs de fleurs étaient envahis par les mauvaises herbes. Partout, de grosses touffes avaient poussé entre les pavés et les dalles. La vie animale était peut-être endormie, mais la flore s'en donnait à cœur joie. Pour autant, la croissance des végétaux n'atteignait pas les proportions auxquelles on aurait pu s'attendre après tant d'années.

— Je ne sais pas quelle puissance est à l'œuvre ici, mais elle affecte tous les organismes vivants, dit Petra en se penchant pour examiner un parterre fleuri.

Comme ils approchaient du centre de cette ville fort coquette, le chasseur vit que des planches avaient été hâtivement clouées sur les fenêtres de certaines maisons. Il arracha l'une d'elles et découvrit que la vitre derrière avait été brisée. Tout l'intérieur du logis était dans le même état – détérioré d'une façon ou d'une autre. Manifestement, ces dégâts lui avaient été infligés avant que la cité ne sombre dans le sommeil. Il ne trouva aucun indice susceptible d'expliquer ce qui avait valu à ces habitations pareil sort. Il s'agissait clairement de foyers de gens ordinaires. Qu'était-il arrivé à ceux qui vivaient là ?

Au bout d'un certain temps, ils se séparèrent pour mener une exploration plus approfondie. Partout, ils tombèrent sur le même genre de scène. Des hommes, des femmes et des enfants endormis dans les endroits les plus inattendus. Une ménagère en train de cuisiner au-dessus d'un poêle, depuis longtemps devenu froid, avait le visage gravement brûlé. En glissant au sol, elle avait renversé sur elle son poêlon.

Le chasseur ne trouva qu'une seule personne étendue dans son lit, mais elle devait déjà être morte lorsque le sommeil s'était abattu sur la ville. Tout ce qui restait d'elle, c'était un squelette dans une chemise de nuit et quelques mèches de cheveux fins qui s'échappaient d'un bonnet. Le manche d'un couteau ressortait à travers le mince tissu du vêtement ; les chairs ayant disparu, il reposait contre les côtes, à l'endroit même où une main anonyme l'avait plongé pour atteindre le cœur palpitant. C'était une chaumière bien étrange, dépourvue des vives peintures chamarrées qui décoraient la plupart des autres. Une humidité un peu fétide flottait dans l'air, comme si la chaleur du dehors n'avait jamais réussi à se frayer un chemin à l'intérieur, tout au long de ces années. Le chasseur fouilla dans les placards, mais ne trouva que des pots d'herbe et des fioles de potions dont les étiquettes s'ornaient d'une écriture qu'il ne parvenait pas à déchiffrer. *Oui, une chaumière très étrange*, songea-t-il avec un frisson. Il était sur le point de partir lorsque le four, dans la minuscule pièce principale, retint son attention. La porte de fonte noire en était très légèrement entrouverte et quelque chose luisait à l'intérieur. Il s'accroupit et ouvrit davantage le battant.

Posée sur un tas de cendres noires et de suie, une paire de pantoufles brillait de mille feux. Il glissa la main à l'intérieur et les attrapa ; elles étaient légères et chaudes au creux de ses paumes. *Du diamant*, songea-t-il. Oui, elles étaient faites de diamant et non pas de verre. Pourquoi quelqu'un avait-il tenté de les brûler ? Était-ce l'œuvre de l'assassin de la femme dans son lit ? Ces deux faits étaient-ils liés de quelque façon au sort étrange de ce royaume ? Le chasseur resta quelques secondes à observer les chaussures, puis entendit Petra et le prince qui l'appelaient. La femme dans la chambre était morte depuis longtemps ; ses pantoufles n'allaient pas lui manquer. En revanche, ses compagnons et lui-même allaient peut-être avoir besoin de quelque chose à négocier par la suite. Il les glissa dans son sac et se releva. Si la ville se réveillait et que quelqu'un venait à se plaindre de la disparition des pantoufles de diamant, il les rendrait. Pour l'heure, il les considérait plutôt comme ses émoluments pour son travail de nourrice auprès du prince.

— Qu'est-ce que c'est, d'après toi ? demanda le prince, tandis qu'ils gravissaient les marches de pierre pour examiner plus attentivement les lignes à la base de la statue. Ça ne peut pas être là depuis longtemps.

— En effet, répondit le chasseur en fronçant les sourcils.

Même si la ville tout entière était incontestablement plongée dans un profond coma d'origine maléfique, le chasseur ne parvenait pas à se défaire du sentiment qu'ils étaient observés. Et plus ils approchaient du château, plus la sensation se faisait nette. C'était un instinct qu'il savait devoir écouter.

— Viens voir celles-ci, de l'autre côté. La craie est encore fraîche.

Les traits étaient plus hachés, mais on devinait qu'il s'agissait d'une manière de tenir un décompte. Était-ce un genre de calendrier pour compter les jours ? Les mois ? Difficile à dire. Quoi qu'il en soit, les traits étaient vraiment très nombreux.

— Vous voulez dire que quelqu'un ici ne dort pas ? demanda Petra.

— Ce n'est pas possible, objecta le prince. Même si cette personne ne s'est pas endormie, elle devrait être morte, depuis le temps.

— Peut-être. Ou peut-être pas, répliqua joyeusement Petra. Après tout, rien n'est normal ici. Et moi, j'ai souvent entendu un hurlement à travers la muraille. Il y a quelqu'un de vivant dans cette ville.

Le chasseur ne l'écoutait pas. Un petit bruit, à quelque distance sur leur gauche, avait soudain retenu toute son attention. Quelqu'un les suivait, il en avait la certitude.

— Ohé ! cria-t-il. Il y a quelqu'un ?

Seul le silence lui répondit.

— Allez, reprit le chasseur à voix basse. Allons au château. S'il y a quelque part des réponses à nos questions, c'est là-bas que nous les trouverons.

Le prince hocha la tête, sans commenter le point de vue du chasseur. Lorsque les ennuis s'abattaient sur les gens ordinaires, c'était généralement aux classes dirigeantes et à leurs souverains qu'ils le devaient. Ce qui avait réduit la ville au silence avait forcément pour point d'origine le château.

Petra n'avait jamais vu une chose pareille. Pendant leur progression dans les rues de la ville, elle s'était sentie un peu écrasée par la masse qui se dressait au-dessus des maisons ordinaires, haut, si haut qu'elle s'était demandé si son ombre ne suffirait pas à les engloutir tout entiers. Lorsqu'ils en franchirent les portes grandes ouvertes, en enjambant précautionneusement les soldats couchés çà et là sur le sol, pour la première fois de son existence, elle se sentit réellement petite et insignifiante. Le village, la forêt et la chaumière de sa mère-grand avaient constitué tout son univers. Or, pendant tout ce temps, cette cité dormait juste à côté. *Qu'y a-t-il encore dans le monde que je ne découvrirai jamais, même si je passais ma vie à l'explorer?*

— Une garde importante, observa le chasseur.

Petra se tourna vers lui. Les yeux plissés, il examinait les hommes lourdement armés effondrés à ses pieds. De toute évidence, ce qu'il voyait le tracassait.

— Ce royaume avait peut-être plus de raisons de s'inquiéter que n'en a mon père, dit le prince. On ne sait pas ce qu'il y a à l'autre extrémité de son territoire.

Le chasseur hocha la tête, sans rien ajouter.

Quel étrange attelage que ce prince et son compagnon – le premier plein de charme et de courtoise élégance et le second tout en fermeté et en mutisme! Petra les appréciait tous les deux, mais elle savait sans hésiter à qui allait toute sa confiance. Pour sa propre survie, c'est vers l'homme de la forêt qu'elle se tournerait. Certes, le prince devait savoir manier l'épée, mais il avait dû apprendre à se battre en suivant les règles du duel. Tuer une créature vivante n'avait rien à voir avec l'activité consistant à croiser le fer dans un esprit chevaleresque. D'ailleurs, le prince avait pu s'en rendre compte dans la petite cuisine de la mère-grand de Petra, face au loup affamé. Quand on se bat pour sa vie, les règles n'existent plus. Cela dit, elle devait bien reconnaître que les deux hommes étaient séduisants.

Du lierre et d'autres plantes grimpantes étaient parties à l'assaut des murailles de pierre, s'accrochant au mortier entre les blocs de rocher comme pour étouffer toute vie à l'intérieur de la citadelle. Dans la cour, des hommes et des femmes dormaient par terre, tombés là où le sommeil les avait cueillis. L'un d'eux tenait encore entre ses bras une selle, sans aucun doute destinée au cheval couché à côté de lui. Un autre était entouré des miches de pain échappées du panier qu'il portait.

Le chasseur poussa une porte, et les gonds gémirent d'être sollicités après si longtemps. Le grincement résonna dans la pièce dans laquelle ils entrèrent. Leurs pas soulevaient la poussière qui s'était déposée sur les dalles de marbre. Ici, à l'intérieur des épaisses murailles, ni le vent ni l'air du dehors n'avaient pu pénétrer comme à l'intérieur des maisons de la ville. Petra avait vraiment l'impression de pénétrer dans quelque tombeau oublié. Son cœur battait à tout rompre dans sa poitrine tandis qu'ils avançaient, laissant derrière eux une suite de traces de pas nettement visibles.

—Nous devrions nous séparer, dit le prince d'une voix forte et catégorique.

Petra se demanda comment il pouvait ne pas être aussi impressionné qu'elle par ces lieux. *Évidemment, il a l'habitude des châteaux.* Il n'était pas comme elle, ébahie par la richesse et la beauté dissimulées sous la poussière des années.

—Je vais explorer les étages. Petra, tu restes au rez-de-chaussée.

—Et moi, je vais voir en bas et dans les oubliettes, termina le chasseur. Surtout, ne touchez rien ni personne. Si vous trouvez quelque chose, criez et attendez.

—Exactement ce que j'allais dire, dit le prince.

Petra hocha la tête. L'idée de se promener toute seule dans cet endroit la faisait frémir, mais elle n'allait sûrement pas l'avouer à ces deux hommes. Si c'était ainsi qu'ils souhaitaient procéder, elle s'en accommoderait.

—Si l'on ne trouve pas la source de la malédiction d'ici demain, dit le chasseur, on charge un chariot de butin pour votre père et l'on essaie de se frayer un chemin à travers le mur d'épines. Ça vous va?

Le chasseur n'avait pas décroché un sourire depuis qu'ils avaient découvert la cité. Petra avait la conviction qu'il ordonnerait un repli sur-le-champ si cela ne tenait qu'à lui. Ce n'étaient assurément ni le goût de l'aventure ni la recherche du frisson qui l'avaient conduit ici. Petra, elle, ne pouvait pas s'empêcher d'éprouver un petit peu de tout cela. Elle ne s'imaginait pas repartir sans savoir comment cette histoire avait pu commencer, ni comment elle allait finir.

— Laissez des marques dans la poussière pour baliser votre chemin, ajouta-t-il. Comme ça, vous saurez où vous êtes déjà passée et comment revenir à l'entrée.

Cette fois-ci, le chasseur lui adressa un petit sourire. Petra apprécia les fossettes que cela faisait naître au creux de ses joues, comme s'il était du genre à beaucoup sourire en temps ordinaire. Il avait destiné ce conseil à elle seule. Le prince n'était pas du genre à se perdre dans un château, mais il n'en allait pas de même pour elle.

Une heure plus tard, Petra avait acquis la conviction que le rez-de-chaussée d'un château était une bien étrange affaire. Elle avait recensé pas moins de trois salles de bal – deux vastes et lumineuses, au plafond magnifiquement décoré de peintures représentant des couples en train de danser, puis une troisième bien plus isolée, à laquelle on accédait après avoir traversé une bibliothèque puis emprunté un petit couloir, aux murs peints en rouge, et décorée d'ornements dorés et de lourdes tentures noires. Cette dernière pièce contrastait singulièrement avec les deux autres, et Petra décréta qu'elle ne lui plaisait du tout. Une odeur métallique y régnait. Alors même qu'elle furetait partout sans y avoir été invitée, la jeune femme eut dans cette pièce l'impression dérangeante de violer un endroit secret. Dans les salles destinées aux réjouissances, somptueuses mais un peu impersonnelles, personne n'avait été surpris par le sommeil. En explorant les lieux, Petra se dit que les résidences royales étaient faites tout autant pour les visiteurs que pour les familles régnantes qui y vivaient. Lorsqu'on appartenait à la famille royale, on ne menait pas la vie de tout le monde.

Dans ce qui avait tout l'air d'être une salle de réunion, plusieurs hommes grisonnants et vêtus de robes sombres dormaient, la tête sur des livres ouverts et d'épais dossiers. Dans le couloir, des gardes s'étaient écroulés devant la porte. Un pichet de vin avait été renversé sur la vaste table. En séchant au milieu des papiers éparpillés, le liquide avait pris l'aspect d'une tache de sang sur le bois patiné.

Petra se sentit mieux dans les salles plus petites et plus ordinaires où travaillaient servantes et serviteurs. Dans un long couloir, les garçons préposés à l'entretien des bottes avaient piqué du nez dans leurs pots de cirage ; aux cuisines, les tables étaient couvertes de tourtes et de mets à différents stades de préparation. Mitrons et cuisinières gisaient au sol. Malgré les instructions du chasseur, Petra plongea un doigt dans une tarte aux pommes, puis goûta. C'était aussi bon que si la pâtisserie venait d'être faite. Elle en reprit. Au moins, ils n'allaient pas mourir de faim. Il devait y avoir assez à manger dans toute la cité pour tenir plusieurs siècles.

L'écho d'un cri lui parvint soudain, et elle fronça les sourcils. Abandonnant sa tarte, elle partit en courant vers le centre de l'édifice. Ses chaussures martelaient le sol, soulevant des nuages de poussière. Un danger les menaçait-il ? Le cri retentit de nouveau – plus proche, cette fois.

— J'ai trouvé quelque chose. Venez m'aider !

Elle faillit percuter le chasseur au débouché d'un couloir donnant sur le grand hall ; sans perdre une seconde, ils s'élancèrent dans l'escalier quatre à quatre. À l'oreille, en suivant les cris, ils passèrent de pièce en pièce pour tomber enfin sur le prince qui les attendait dans des appartements luxueux situés au cœur même du château.

De saisissement, Petra resta figée sur le seuil, la bouche grande ouverte.

— Il faut faire quelque chose, disait le prince. Nous devons absolument faire quelque chose.

À petits pas prudents, Petra pénétra à la suite du chasseur dans une vaste chambre, au milieu de laquelle trônait un lit gigantesque recouvert de draps et de couvertures du blanc le plus pur. Des tentures de lin accrochées à la cime du baldaquin étaient ramenées et nouées par des rubans aux montants. Une rose était fichée dans un verre d'eau posé sur la table de nuit. Tous ses pétales étaient tombés, épars autour du verre, à l'exception d'un seul, bien mal en point mais toujours accroché. Une magnifique jeune femme était endormie sur le lit, vêtue d'une robe de soie bleue, et le cou orné d'une parure de bijoux. Ses lèvres pleines étaient légèrement entrouvertes, comme si elle venait tout juste d'être surprise par le sommeil. Ses cheveux d'un noir de jais, ponctués de part et d'autre de son visage de deux mèches blanches, étaient répandus sur l'oreiller en vagues brillantes. Elle était belle, et incroyablement pâle. Et au vu de l'état du sol autour du lit, ce n'était guère étonnant.

Du sang. Partout. Une mare de sang, écarlate et épaisse, s'étalait sous elle, au point de cerner l'immense lit. La main droite de la jeune endormie dépassait du rebord du lit. À l'instant où le regard de Petra se posa sur elle, une minuscule goutte vermeille se décrocha du bout de son index pour tomber par terre.

— C'est son doigt, murmura-t-elle. Regardez. Elle a dû se piquer le doigt.

— Vous avez des bandes, des pansements ? demanda le chasseur. Un baume ?

— Peut-être, répondit Petra en ôtant de son épaule le petit sac préparé par sa grand-mère.

Elle enjamba la flaque, puis renversa le contenu de son balluchon sur le lit.

— Elle est toujours vivante ? Elle a dû perdre pratiquement tout son sang.

Le prince se pencha pour poser une main sur la poitrine de la jeune beauté.

— Oui, s'exclama-t-il avec un sourire. Elle respire. Mais à peine, poursuivit-il en faisant courir sa main sur le corps de la jeune femme. Je n'ai encore jamais vu quelqu'un comme elle. Elle est parfaite.

— Vous ne pouvez pas la toucher comme ça, dit Petra en tendant au chasseur un petit pot d'un onguent antiseptique de sa mère-grand. Elle est endormie. On ne touche pas les jeunes filles pendant qu'elles dorment.

Le prince ne l'écoutait pas – ou bien, il choisit de ne pas l'entendre. Toujours est-il qu'il l'ignora, car il commença à caresser le visage de la jeune fille, pendant que le chasseur découpait un drap du lit pour en faire de longues bandes.

— Je devrais l'embrasser, murmura le prince.

— Non, vous ne devriez surtout pas faire ça, répliqua Petra en le fusillant du regard. Ce ne serait vraiment pas bien. Si quelqu'un m'embrassait sans me demander la permission, prince ou pas prince, je lui collerais un coup de poing dans le nez.

— Elle n'a pas tort, intervint le chasseur en riant.

— C'est une princesse et je suis un prince. Je suis censé l'embrasser.

— Il faut aussi qu'on parle des cachots..., poursuivit le chasseur.

À cet instant, deux faits survinrent simultanément. Le chasseur noua solidement le bandage autour de la minuscule coupure enduite de baume à l'extrémité de l'index, empêchant la goutte de sang suivante de s'écouler de la blessure. Et le prince ignora la mise en garde de Petra, approchant sa bouche de celle de la princesse endormie pour l'embrasser.

Une sourde vibration traversa l'édifice, le secouant tout entier jusque dans la moindre de ses pierres. Comme le prince détachait ses lèvres de celles de la jeune fille, celle-ci inspira une grande goulée d'air et se mit à tousser. Puis elle ouvrit les yeux.

— Elle se réveille, murmura Petra.

Dans le verre à côté du lit, la rose était redevenue une fleur magnifique, dans toute la beauté de sa pleine floraison.

Ils entendirent un grand fracas non loin, suivi d'une brève exclamation. Au dehors, un cheval hennit.

— Elle n'est pas la seule, dit le chasseur en se levant. Ils se réveillent tous.

— Nous avons vaincu le sortilège, dit le prince, la main de la princesse toujours dans la sienne.

Pendant que la cité revenait à la vie autour d'eux, les trois voyageurs n'avaient d'yeux que pour la sublime jeune femme qui, tout doucement, s'asseyait sur le lit. Ses joues avaient déjà retrouvé leurs couleurs, comme si son corps recouvrait la santé la malédiction à peine levée. Elle les regarda à son tour, d'un œil encore un peu flou.

— Qui êtes-vous ? demanda-t-elle de sa voix douce et mélodieuse. Que s'est-il passé ?

Elle observa alors son doigt bandé, puis le sang répandu sur le sol. Ses yeux s'agrandirent, comme si la mémoire lui revenait.

— Il y avait une quenouille. Rumplestiltskin !

— Je suis le prince d'un royaume lointain, dit le prince. La légende du sort funeste qui avait frappé votre cité était parvenue aux oreilles de mon père. Nous sommes venus pour vous sauver.

Petra voyait bien que le jeune prince était en train de tomber éperdument amoureux.

— Je vous ai réveillée d'un baiser, ajouta-t-il.

La jeune femme sur le lit lui sourit et choisit d'ignorer le fait que le bandage lui avait plus probablement sauvé la vie qu'un baiser volé. À moins qu'elle n'ait pas encore été suffisamment bien réveillée pour tout comprendre de la situation.

— Combien de temps suis-je restée endormie ? demanda-t-elle.

Petra songea aux petites lignes tracées sur la statue au cœur de la ville assoupie.

— Une centaine d'années, selon nos estimations, répondit-elle doucement.

La princesse resta un long moment silencieuse. Puis, juste avant que les soldats ne pénètrent en force dans la chambre, elle murmura une nouvelle fois ce mot :

— Rumplestiltskin.

5

CE SOIR, C'EST LA FÊTE !

Au bout du compte, celle qu'ils prenaient pour une princesse se révéla être une reine. Et Belle était son nom. Tandis que la ville tout entière s'arrachait à sa léthargie, elle déclara la journée fériée et ordonna aux cuisines de préparer un grand festin pour fêter l'événement. Pleine d'énergie et d'entrain, elle emportait tout sur son passage dans un tourbillon de lumière et de rire. Le chasseur voyait bien que le prince était totalement subjugué. Pour sa part, Belle paraissait également sous le charme. Elle se promenait à son bras à travers tout le château qu'elle faisait découvrir à ses invités.

— Cela ne faisait que six mois que mon pauvre père, le roi, nous avait quittés, expliquait-elle. Nous étions une cité en deuil, mais nous devons désormais oublier tout ça pour nous tourner vers l'avenir.

Elle leva les yeux vers le prince et lui sourit.

— Je ne vous remercierai jamais assez de nous avoir sauvés de cette terrible malédiction.

— Nous… je…, répondit le prince. Je suis votre humble serviteur. J'aurais volontiers occis un dragon pour vous tirer de ses griffes.

— Mais pourquoi quelqu'un avait-il jugé bon de vous jeter un sort ? demanda Petra.

— Je ne sais pas, répondit la reine en fronçant les sourcils. Je ne me souviens pas. Je sais seulement que c'est à cause de Rumplestiltskin. Oncle Rumple, ajouta-t-elle de sa voix douce, le front ridé par la perplexité.

— Votre oncle ? s'écria le prince. Mais c'est terrible ! Il doit vouloir s'arroger la couronne.

— Je l'appelle « oncle », mais il n'y a aucun lien de parenté entre nous, répondit Belle. C'était le plus proche conseiller de mon père.

Elle cessa de froncer les sourcils, mais semblait à présent plongée dans une grande tristesse.

— Je pensais qu'il m'aimait.

— Tout le monde vous aime, Majesté, dit un homme d'âge mûr, vêtu d'une lourde robe bordée de fourrure, en traversant le couloir pour venir à leur rencontre. Ne l'oubliez jamais.

Lorsqu'il fut devant elle, il s'inclina profondément. Sous ses sourcils broussailleux, ses yeux noirs étaient vifs.

— Laissez donc vos fidèles conseillers s'occuper de ces affaires. Je peux vous promettre que jamais plus il ne s'approchera de vous. Et pour l'heure, vous devriez chasser ces pensées de votre esprit pour vous réjouir qu'un prince aussi fringant soit venu remettre les choses en ordre, ici.

Il sourit au prince, qui lui retourna la politesse, heureux d'être l'objet de pareille flatterie. Cependant, la dureté qui transparaissait derrière le sourire du vieil homme, de même que l'énergie négative qui émanait de lui, n'échappèrent pas au chasseur.

— Merci, messire le Premier ministre, dit Belle. Vous avez toujours été si bon avec moi.

— C'est parce que je vous connais et que je vous comprends, Majesté. Laissez donc votre conseil prendre soin de ces affaires. Et maintenant, vous devriez tous aller prendre un bain et vous préparer pour les festivités, poursuivit le conseiller. Ce soir, c'est la fête !

— Vous avez raison, répondit la reine en se mettant sur la pointe des pieds pour déposer un baiser sur la joue barbue du vieil homme. Comme souvent. J'aimerais tellement me souvenir de tout ce qui s'est passé, il y a encore tant de choses que je ne me rappelle pas ! Mais bon, reprit-elle en frappant dans ses mains, un sourire revenu sur ses lèvres. Retirons-nous dans nos chambres pour nous préparer. Ce soir, il y aura de la musique et de la danse. Et tout ira de nouveau pour le mieux.

Le chasseur se laissa distancer par le groupe pour s'entretenir avec le conseiller.

— Que veut-elle dire en parlant de choses dont elle ne se souvient pas ? demanda-t-il. Est-elle malade ?

— Non, non, répondit le Premier ministre à voix basse, en accélérant le pas pour rejoindre les autres. Depuis l'enfance, elle souffre ponctuellement de petites pertes de mémoire. Rien d'extraordinaire. Rien qui vous regarde, en tout cas.

Avec un sourire, le chasseur lui emboîta le pas. Il sentait des picotements à la surface de sa peau. Il n'était peut-être pas un courtisan, mais il savait que lorsqu'on lui annonçait que quelque chose ne le regardait pas, il fallait entendre le contraire.

Le chasseur ne mit pas longtemps à se préparer pour le dîner. Quelques ablutions suffirent – il préféra en effet garder ses propres vêtements plutôt que de passer la chemise et les chausses particulièrement raffinées laissées à son intention dans sa chambre. Il ne se sentait pas proche de ces gens ; certes, il entendait se montrer courtois et poli, mais il n'avait aucune intention de chercher à les impressionner. À ses yeux, sa mission était achevée. Il ne lui restait plus qu'à ramener le prince sain et sauf jusque chez lui.

Il s'accorda un somme d'une demi-heure avant d'aller explorer le château et les abords. Après le silence et l'immobilité dont ils avaient été les témoins à leur arrivée, c'était un spectacle étonnant de voir tous les sujets de ce royaume subitement redevenus si actifs. Ils lui faisaient penser à des poupées auxquelles la vie aurait soudain été insufflée. *Savent-ils seulement combien de temps ils sont restés endormis ?* se demanda-t-il en avisant des femmes en train de balayer la poussière sur le sol, pendant que des hommes nettoyaient les fenêtres. La plupart d'entre eux riaient et plaisantaient d'une voix forte. Pourtant, çà et là, quelques-uns lui jetaient des regards suspicieux et se hâtaient de s'éloigner, en gardant la tête baissée.

Dans les couloirs du château, il croisa des groupes d'hommes et de conseillers, tous vêtus comme le Premier ministre – avec peut-être un peu moins de fourrure et d'ornements sur leurs robes. Certains, regroupés à l'écart et plongés dans une conversation visiblement sérieuse, s'interrompirent en le voyant arriver, et firent semblant de rire et d'être en train d'échanger des plaisanteries. *Des comploteurs ?* songea-t-il. La jeune reine était douce et aimable ; ces vieillards étaient-ils en train de tenter de la dépouiller de son royaume ? Il tenta de chasser cette pensée de son esprit. Il n'était pas venu pour ça, et les problèmes de cette cité n'étaient pas les siens.

Il monta au sommet d'une des tourelles pour découvrir les alentours du château. Cependant, en haut de l'escalier, deux soldats l'arrêtèrent. Ce n'étaient pas des jouvenceaux, mais de solides gaillards. Derrière eux, il aperçut une grosse cloche noire suspendue dans un recoin.

— Vous n'êtes pas autorisé à venir ici, dit le plus massif. Tout le monde sait cela.

Le garde ayant posé la main sur la poignée de son épée, le chasseur montra qu'il était désarmé.

— Je ne suis qu'un visiteur, rien de plus, expliqua-t-il. Je voulais seulement admirer la vue.

— Alors, regardez par les fenêtres. L'accès à cette tour est interdit. Seuls les conseillers sont autorisés à venir ici.

Les deux soldats s'avancèrent d'un pas, et le chasseur battit en retraite dans l'escalier de pierre. *Pourquoi donc garder une cloche ? Et pourquoi ai-je l'impression que ce château est plein de secrets ?* Une seule personne pouvait lui donner les réponses aux questions qu'il se posait : le traître Rumplestiltskin.

La lune était pleine ce soir-là, et les fenêtres étaient grandes ouvertes pour laisser entrer la lumière. La fête battait son plein. On avait disposé des fleurs et des bougies dans tous les coins de la somptueuse salle de banquet ; les tables étaient recouvertes de plus de nourriture que n'en pouvaient manger les convives. Le chasseur et Petra étaient assis de part et d'autre du prince et de la reine. Ces deux-là n'avaient d'yeux que l'un pour l'autre ; ils avaient passé l'essentiel de la soirée à se tenir la main et à se donner mutuellement de petites bouchées.

Dans sa magnifique robe rouge, Petra avait tout d'une véritable courtisane. Elle devisait avec un ministre assis en face d'elle, tandis que le chasseur, pourtant de nature sociable, mangeait et buvait sans rien dire, tout en observant l'assistance. Les convives étaient essentiellement des hommes et des femmes d'un âge avancé. Il vit que si tous souriaient et riaient volontiers, ils évitaient de trop regarder dans la direction de la table principale, à laquelle leur reine était installée.

— Encore un peu de vin, messire ?

Le chasseur leva les yeux vers la jolie servante qui lui souriait. Il accepta d'un hochement de tête et elle se pencha pour le resservir, lui offrant volontairement une vue plongeante sur son généreux décolleté, au cas où l'envie le prendrait d'y poser les yeux – en tant qu'homme des bois au sang chaud, il ne put y résister.

— Dites-moi, qui sont tous ces gens ?

— Les ministres et leurs épouses, pour l'essentiel. Des amis du vieux roi. Pourquoi cette question, messire ?

Elle était toujours penchée sur lui ; il sentait l'odeur de sa peau, chaude et propre. Son teint était frais et lumineux.

— Ils me paraissent un peu âgés par rapport à la reine. Où sont les jeunes gens de la cour ?

— Ils ne viennent pas à ces dîners, messire, seulement aux bals. Mais comme je ne sers pas aux bals, je ne peux pas vous en dire plus.

La petite note enjôleuse dans sa voix avait cédé le pas à un ton méfiant. Le chasseur lui serra alors la main avec un clin d'œil et le rose lui revint aux joues. Subitement, il eut envie de quelque chose de simple, sans la moindre complication. Or, cette fille ne faisait pas mystère de l'attirance qu'elle éprouvait pour lui.

— Après le festin, dit-il, nous pourrions boire un peu de vin ensemble. Je vous raconterai à quoi ressemble mon pays.

— Voilà qui me tente bien, répondit la jeune fille en souriant. Je trouverai le chemin de votre chambre.

Elle tourna les talons et repartit à son service. Le chasseur la regarda s'éloigner avec un sourire. Il pouvait fort bien se passer des intrigues de cour.

— Hé ! dit Petra en lui tapant sur l'épaule. La forêt ne s'est pas ouverte, poursuivit-elle en prenant place à côté de lui.

— Quoi ?

Le chasseur en était toujours à rêvasser au corps de la servante sous le sien. Petra le poussa du coude.

— Le ministre avec qui je parlais m'a dit que la forêt était toujours fermée. Le sortilège n'a pas été complètement levé.

Elle resta silencieuse.

— C'est moi ou bien tout a l'air un peu bizarre ? reprit-elle. Dans ce château, il y a des choses qui n'ont aucun sens.

— Ce n'est pas vous, murmura le chasseur. J'ai visité les cachots et...

Avant qu'il ne puisse en dire plus, le prince se leva et tapota son verre de cristal avec sa fourchette. Il avait le visage empourpré et ses yeux étincelaient.

— En premier lieu, je voudrais tous vous remercier de la formidable hospitalité dont vous avez fait preuve à l'égard de mes compagnons de voyage et de moi-même. Nous sommes à la fois honorés et touchés de votre amabilité.

Quelques applaudissements saluèrent sa tirade. Le chasseur adressa des signes de tête empruntés aux convives qui croisaient son regard.

— Mais je vous adresse également mes plus grands remerciements pour cette beauté que vous avez apportée dans ma vie, poursuivit le prince en baissant les yeux sur la jeune femme assise à ses côtés qui lui souriait.

Tout à coup, le chasseur comprit où ce discours allait les mener. Le prince était entêté et impulsif – ça, il le savait déjà –, mais voilà qu'il allait pouvoir ajouter « stupide » à la liste des qualificatifs.

— Dès l'instant où je l'ai vue endormie sur son lit, j'ai su que je l'aimerais à jamais. Jamais encore je n'avais vu telle perfection, poursuivait le prince. Je viens de lui demander si elle acceptait d'être ma femme, et elle m'a dit oui.

Il y eut quelques exclamations de stupeur, puis les ministres applaudirent. Attentif, le chasseur vit les coups d'œil que certains échangeaient tout en tapant dans leurs mains. Cette nouvelle ne semblait pas les enchanter, malgré leurs sourires de façade.

La reine se leva.

— Alors faites venir la musique et dansons !

Le jeune couple en était à sa troisième danse lorsque le Premier ministre fit signe à Petra et au chasseur de le suivre dans une antichambre, dont il referma soigneusement la porte derrière eux. Il leur servit un verre de vin rouge, avant de prendre place derrière une table finement marquetée. Le chasseur se demanda si le jeune prince était conscient du fait que le véritable dirigeant de ce royaume n'était sûrement pas la jolie fille avec qui il était en train de danser.

— J'aimerais que vous fassiez quelque chose pour moi, dit le conseiller. Votre prince m'a assuré que je pouvais compter sur votre accord.

Pour la millième fois depuis le jour où il avait quitté sa maison, le chasseur maudit le prince en silence.

— Mon travail, dit-il en s'adossant au mur pour siroter son vin, consiste à protéger le prince et à veiller sur sa sécurité jusqu'à notre retour. Rien de plus.

— Alors vous ferez ce que je vais vous demander. Car j'imagine que sa sécurité en dépend. Trouvez Rumplestiltskin et ramenez-le-moi.

— Vous n'avez pas de soldats pour ce genre de mission ? demanda Petra. Vous semblez pourtant avoir une importante garnison.

— Mes soldats sont déjà à sa recherche, mais j'ai des raisons de préférer que ce soit vous qui le trouviez plutôt qu'eux.

— Pourquoi ? demanda le chasseur.

Il pensait aux cachots, mais il préféra ne pas mentionner sa visite des sous-sols. Il estimait que cela pourrait lui porter préjudice. Comme Petra l'avait souligné, la cité était vraiment pleine de soldats, et le Premier ministre n'aurait aucun mal à se débarrasser d'un chasseur errant. Il n'avait vraiment pas envie de finir de l'autre côté de la porte d'une cellule.

— Pour être sûr, répondit le conseiller en souriant pour masquer son rictus d'impatience.

— Vous pensez qu'il n'a pas agi seul ? demanda Petra. Vous voulez qu'il vous livre des noms ?

— Les raisons que je peux avoir ne vous regardent pas. Sachez seulement que je veux qu'on me l'amène et que la quenouille qu'il transporte soit détruite. Voici une liste des endroits où il réside et de ceux qu'il fréquente, ajouta-t-il en leur tendant un parchemin. Vous y trouverez peut-être des indices qui vous mèneront à l'endroit où il se terre.

Le chasseur prit le parchemin et le glissa à sa ceinture.

— Nous ferons ce que nous pourrons, mais nous ne connaissons ni votre cité, ni votre peuple. Vos soldats ont plus de chances de réussir que nous.

— Vous êtes un chasseur, ronronna le Premier ministre. Alors mettez-vous en chasse.

— Nous attendrons que la ville dorme, répondit le chasseur en ouvrant la porte.

Petra et lui sortirent, laissant le conseiller derrière eux.

— Il pense qu'il y a d'autres conspirateurs, dit Petra. Mais qui peut donc vouloir comploter contre Belle ? Elle donne l'impression d'être la personne la plus douce et la plus aimable qu'on puisse imaginer.

D'un accord tacite, ils ne retournèrent pas vers la salle des banquets, d'où s'échappaient de la musique et des rires, et préférèrent s'engager dans le grand escalier menant à leurs chambres.

— Qui sait ? dit le chasseur.

Comme ils arrivaient sur un vaste palier, les rideaux tirés devant les portes-fenêtres ouvertes se gonflèrent sous le souffle de la brise. Les grandes baies vitrées donnaient sur une terrasse. Petra se tut et son regard se perdit au loin, comme si elle avait subitement tout oublié de leur conversation.

— Vous avez entendu ? demanda-t-elle.

— Quoi ? fit le chasseur, sourcils froncés.

Il avait l'ouïe fine, exercée par des années de traque, mais hormis le bruit des convives en dessous et le sifflement du vent, il n'avait rien perçu de particulier.

— Rien, répondit doucement Petra en se dirigeant vers la terrasse. Juste quelque chose que j'ai déjà entendu. Depuis l'autre côté du mur d'épines.

Elle rabattit les tentures et s'avança sur la terrasse. La pleine lune brillait dans le ciel noir, basse sur l'horizon.

— Je crois que je vais m'asseoir ici un moment. Pour prendre un peu l'air.

— Vous n'êtes pas obligée de venir cette nuit, dit le chasseur. Vous serez plus en sécurité au château.

— Mais je veux venir, répondit-elle. Il y a quelque chose dans cette ville que je veux trouver, moi aussi.

Elle lui jeta un regard par-dessus son épaule gracile, ses yeux noirs luisant dans l'obscurité.

—Et je ne suis pas certaine que ce château soit un endroit sûr.

Il pouvait difficilement la contredire. Tous ses sens étaient en alerte depuis le réveil de la reine. Et la demande du Premier ministre lui mettait les nerfs en pelote. Il était déjà un pion manipulé par un roi ; or, voilà qu'il se retrouvait embringué dans une seconde partie de jeu d'échecs. Il laissa Petra s'éloigner vers la rambarde et s'élança dans l'escalier. Il avait besoin d'évacuer un peu d'énergie.

Quelqu'un l'attendait devant la porte de sa chambre. D'abord, il fronça les sourcils, puis un sourire s'épanouit sur ses traits. C'était la servante. La jeune fille exécuta une petite courbette.

—Je me demandais où vous étiez passé, dit-elle en levant vers lui des yeux où brillait une lueur espiègle. Je me suis dit que vous voudriez qu'on vous porte quelque chose dans votre chambre, poursuivit-elle en brandissant un pichet de vin. Et j'ai pensé que je pourrais vous le servir moi-même. En personne.

Le chasseur ouvrit la porte de sa chambre en riant, puis il s'inclina à son tour.

—Les dames d'abord.

—Oh, gloussa la fille en passant devant lui, je ne suis pas une dame.

6

LES JOURS SOMBRES...

— C'était peut-être écrit, murmura Belle, blottie contre le torse du prince alors qu'ils dansaient. Si Rumplestiltskin n'avait pas commis... ce qu'il a fait... Si je n'avais pas dormi, nous ne nous serions jamais rencontrés.

Elle leva les yeux vers lui et sourit. Son visage aimable arborait l'expression la plus douce qu'il avait jamais vue ; de simplement poser les yeux sur elle, il sentit son cœur fondre une fois encore. Les iris de la jeune femme avaient la couleur des eaux claires d'une source d'été, et le prince n'avait qu'un désir : s'y noyer. Il brûlait de la connaître intimement.

—Je serais morte bien avant votre naissance, poursuivit-elle, et vous n'auriez jamais pu me réveiller.

—Alors oui, mon aimée, c'est sans doute le destin, répondit-il en déposant un baiser sur son front.

Sa peau était douce et ses cheveux avaient le parfum des fleurs au printemps. Il était totalement envoûté.

— Vous m'avez sauvée, dit-elle en relevant la tête pour le regarder.

De part et d'autre de son visage, les deux mèches blondes dans la masse de ses cheveux noirs formaient deux douces vagues le long de ses joues pâles. Les lèvres du prince se posèrent sur celles de Belle et ils s'embrassèrent. Elle était douce et chaude entre ses bras ; le contact de sa langue l'électrisa. *Oui, je l'ai sauvée.* Le prince avait déjà repoussé dans un coin de son esprit l'image du chasseur en train de bander le doigt de sa belle, et le fait qu'elle s'était réveillée précisément à cet instant. Ce n'était qu'une coïncidence, rien d'autre.

— Un baiser de véritable amour est le seul moyen de briser un sort, dit-elle en écartant juste assez sa bouche de celle du prince pour parler dans son souffle. C'est bien connu.

— Et moi, je t'aime véritablement, murmura-t-il en réponse, d'une voix devenue rauque.

Oh oui, il l'aimait. Ce sentiment s'était emparé de lui à la seconde même où il l'avait touchée. Une lame d'émerveillement et de passion d'une puissance inédite avait alors déferlé sur lui. C'était vraiment magique. Il la serra encore plus fort pour sentir ses seins contre lui. Il contint l'envie qui lui venait de laisser ses mains explorer son corps. Soudain, sa bouche devint sèche.

—Marions-nous sans tarder, dit-il.

Son envie d'elle était si forte qu'il n'était pas certain de pouvoir attendre plus longtemps. Le reste ne comptait plus, les ambitions expansionnistes de son père comme son propre désir de rentrer dans son royaume chargé de trésors pour y être reçu en héros. Même son penchant naturel pour la bonne chère, le vin et le troussage de gueuse n'était plus qu'un lointain souvenir. Une seule chose comptait désormais : posséder cette fille complètement.

—Oui, répondit-elle, le souffle aussi court que lui.

Ses yeux étincelaient dans les lueurs des lustres accrochés au plafond.

—Dès demain, j'annoncerai notre mariage à toute la cité, et je te prendrai pour époux le jour d'après. Nous fonderons une famille, nous aurons beaucoup d'enfants et nous serons très heureux. J'offrirai une pièce d'or à tous les habitants de la ville pour leur montrer toute l'étendue de mon bonheur. Les festivités dureront des jours et des jours. Je veux que mon peuple soit aussi heureux que je le suis. Voilà ce que je veux.

Le prince eut la certitude que son cœur allait exploser. Non seulement Belle était magnifique, mais elle était aussi gentille, aimable et généreuse.

—Je ne parviens pas à croire que tu n'étais pas déjà fiancée, dit-il. Les nobles du royaume sont-ils donc aveugles ? Et les princes des royaumes voisins également ?

—Mon père était un homme très protecteur, expliqua-t-elle d'une voix posée avant de détourner le regard, assombri par un voile de mélancolie.

Elle devait beaucoup l'aimer, songea le prince.

—Désormais, c'est moi qui te protégerai, annonça-t-il. Mon chasseur va trouver le traître et tout sera pour le mieux.

—Nous nous marierons et aurons beaucoup d'enfants, murmura Belle en retrouvant le sourire.

Ils s'embrassèrent à nouveau et la musique reprit. Autour d'eux, bien conscients que la reine et son prince se dévoraient des yeux, les ministres et leurs épouses s'éclipsaient discrètement les uns après les autres. Ils n'étaient plus si jeunes, et la nuit était déjà bien avancée. Ils avaient eu beau dormir près de cent ans, leurs corps étaient fatigués. Leurs pieds les mettaient au martyre et ils en avaient assez de sourire.

Quelques-uns s'arrêtèrent sur le pas de la porte pour jeter un dernier regard en arrière, comme partagés entre l'accablement et une certaine nervosité. Belle portait si bien son nom. Et elle était si douce. Un frisson leur parcourut l'échine. Puis ils se retirèrent dans leurs appartements.

La nuit était fraîche, mais Petra n'en avait cure. Tout somptueux qu'était le château, elle s'y sentait à l'étroit. En outre, elle ne parvenait pas à se défaire de l'étrange pressentiment qui l'avait saisie au réveil de Belle. Pour sa part, le prince ne voyait rien ; il était sourd et aveugle à tout ce qui n'était pas son amour pour sa reine. D'ailleurs, même cette passion soudaine semblait étrange aux yeux de Petra. Elle n'ignorait pas que les femmes pouvaient rendre les hommes parfaitement idiots, mais si le prince lui paraissait un peu trop gâté et arrogant pour qu'elle puisse le trouver à son goût, il ne lui avait pas donné en revanche l'impression d'être aussi stupide. Son arrière-grand-mère lui avait conté bien des histoires de princes charmants – des récits sortis à coup sûr de son imagination –, qui avaient instillé en elle la conviction que les têtes couronnées ne songeaient qu'à elles-mêmes. Le comportement actuel du prince ne correspondait pas du tout à ces récits.

La forêt restait fermée autour d'eux. La salle de bal à l'étonnante décoration, qu'elle avait visitée pendant que la ville dormait, était à présent fermée à clé. Quelque chose ne tournait pas rond dans ce royaume. Accoudée à la balustrade de marbre blanc qui bordait la terrasse, Petra renversa la tête en arrière. La lune ronde et joufflue dispensait sa pâle lumière à la cité plongée dans l'ombre. De la musique lui parvenait, indiquant qu'on dansait encore. Le front plissé, Petra se concentra pour entendre ce qu'elle recherchait, par-delà tous ces bruits irritants. La voix de celui avec qui elle interprétait un duo émouvant, celui qui l'avait attirée comme un aimant vers ce lieu depuis bien longtemps – bien avant l'entrée du prince et du chasseur dans sa vie. Pour tout dire, elle n'en avait pas grand-chose à faire des châteaux et des beautés au bois dormant. Même les sortilèges ne l'intéressaient pas. Mieux valait encore laisser ces choses-là suivre leur cours. C'était à un chant envoûtant qu'elle devait d'être là, un chant qui était venu la chercher par-delà le mur de la forêt.

Là ! Je l'entends. Elle en eut presque le souffle coupé. C'était une complainte basse et rauque, un hurlement triste et à peine audible. Un chant qui lui était destiné, plein de mélancolie et de force à la fois. Son cœur se mit à battre follement, un fourmillement courant à la surface de sa peau. Elle sonda la nuit du regard.

— Où es-tu ? murmura-t-elle. Où es-tu ?

Le hurlement retentit, mi-animal, mi-humain. Sans songer un instant à tous ceux qui pouvaient l'entendre, elle renversa la tête en arrière et y répondit. Où qu'elle puisse se trouver, la créature joignit sa voix à la sienne. Petra eut la certitude qu'elle pouvait sentir l'excitation de son partenaire tandis que leurs cris se mêlaient dans la nuit. Elle brûlait de dévaler l'escalier et de s'élancer dans l'étrange cité. Après tout, le chasseur n'avait pas besoin d'elle pour trouver ce Rumplestiltskin. Petra avait une autre traque à mener.

Les draps étaient tout emmêlés autour de leurs jambes. Couchée sur le flanc à côté du chasseur, sa chevelure lui tombant sur l'épaule, la jeune servante – prénommée Nell – but une gorgée de vin avant de lui tendre le verre.

— Tu dois avoir soif.

Il rit et but son tour. La sueur refroidissait doucement sur sa peau. Il se pencha pour embrasser la jeune fille à la beauté franche et naturelle. Son corps tout en courbes voluptueuses basculerait peut-être un jour du côté de l'excès, mais il restait pour l'heure jeune et ferme. Avec un sourire, elle vint poser sa joue sur le torse de son amant. Tous deux étaient pleinement satisfaits du plaisir qu'ils s'étaient mutuellement donné. Ils n'avaient encore guère eu le temps de parler – leur désir avait été trop impérieux. Repus et comblés, ils pouvaient à présent s'installer tout à loisir dans cet espace confortable qui n'existe qu'entre deux étrangers qui viennent de partager un instant d'intimité suffisamment réussi pour se sentir à l'aise l'un avec l'autre. Leur petite bulle d'affection durerait au moins aussi longtemps qu'ils resteraient nus l'un contre l'autre.

— Cela fait combien de temps que tu travailles au château ? demanda le chasseur en glissant une main dans les cheveux de Nell pour lui caresser le dos.

La jeune fille n'était déjà plus vierge lorsqu'elle s'était donnée à lui. D'ailleurs, avant même qu'ils n'aillent plus loin, le comportement audacieux dont elle avait fait preuve le lui avait laissé deviner. Elle était pourtant jeune – dix-sept ou dix-huit ans, tout au plus. Un enthousiasme juvénile faisait pétiller ses yeux.

— Deux semaines.

Son souffle chaud chatouillait les poils sur le torse du chasseur.

— Avant, je travaillais dans une laiterie à l'extérieur de la ville, poursuivit-elle. J'y étais depuis mes douze ans, lorsque mes parents ont été emportés par la grippe.

— Je suis désolé, dit le chasseur.

— Il ne faut pas. Les années ont passé et les femmes de la laiterie ont été gentilles avec moi. Je n'ai pas à me plaindre. Pour une raison ou une autre, la plupart d'entre elles n'ont pas de famille. Je n'étais pas toute seule et j'avais une bonne place. Le travail n'est pas trop difficile quand tu sais ce que tu as à faire. Et puis, ils n'étaient pas trop stricts.

Elle émit un gloussement en levant vers lui un regard rendu malicieux par l'évocation de quelques souvenirs.

— Je partageais un dortoir avec six autres trayeuses. Certaines nuits, il y avait autant d'hommes que de filles dans la chambre – et parfois plus.

— Je me disais bien que tu avais dû apprendre certains trucs quelque part, dit le chasseur en la serrant contre lui, goûtant avec bonheur sa chaleur et son tempérament simple et facile.

Ses aventures sexuelles passées ne le gênaient nullement – et ne l'auraient pas non plus dérangé s'il avait été amoureux d'elle. Il n'était pas homme à pratiquer deux poids, deux mesures pour les affaires de la chambre à coucher. Cela allait à l'encontre de sa logique personnelle, et il n'y voyait qu'une forme de stupidité. Après tout, ils n'étaient tous que des animaux. Pourquoi une femme devrait-elle s'interdire de goûter au plaisir ? Simplement parce qu'un homme manquant de confiance en lui pourrait ensuite mal le prendre ? Si les femmes ne cédaient jamais à leurs pulsions, sa propre existence aurait été infiniment plus insipide. Les femmes étaient de loin les créatures les plus portées à la volupté, mais les hommes ignoraient comment entretenir en elles la flamme de ces élans. Du coup, ils les poussaient très souvent à culpabiliser, leur reprochant leurs désirs au lieu de s'en réjouir, pour finir ensuite par s'étonner que tout s'étiole et se flétrisse entre eux. Si le chasseur trouvait un jour la fille de ses rêves, il ferait en sorte que les choses ne se déroulent pas ainsi entre eux.

— De la laiterie au château, c'est une sacrée ascension pour une jeune orpheline.

Il ne pouvait pas s'empêcher de l'assaillir de questions ; c'était plus fort que lui. Depuis qu'il avait franchi le mur de la forêt, ses sens étaient en alerte. En outre, il allait devoir se lancer sur la piste d'un traître, et ce serait un travail éminemment difficile à mener sans une vision globale de la situation. Le chasseur n'était pas un soldat qui se contentait d'obéir aux ordres.

— Comment as-tu réussi cette prouesse ?

— Au fil des ans, un certain nombre de filles de la laiterie sont venues au château, expliqua-t-elle. C'est le Premier ministre lui-même qui m'a choisie lors d'une visite. J'ai donc rassemblé mes affaires et débarqué ici. Certains jours, la laiterie me manque. Si la vie est plus facile au château, tout est tellement plus strict.

— Apparemment, tu parviens tout de même à t'amuser.

— Eh bien, quand un étranger séduisant vient en visite, je fais ce qu'il faut pour en profiter.

— Donc la vie est plutôt agréable, dans ce royaume ? demanda-t-il en buvant une gorgée, la mine pensive.

— Oui. Pourquoi ?

— Il y a des soldats partout dans la ville. Et le château est lourdement gardé, lui aussi. Je me suis dit que vous aviez peut-être été attaqués récemment par une autre cité. Après tout, les royaumes sont toujours en train de se combattre.

Quand nous sommes arrivés et que vous dormiez tous, poursuivit-il après un instant de silence, j'ai visité les cachots. Certains des équipements que j'y ai vus sont…

Il avait bien du mal à trouver le mot juste. S'il chassait et tuait pour vivre, il s'efforçait toujours de donner la mort sans infliger de douleur inutile et en étant aussi rapide que possible. Les instruments qu'il avait vus dans les oubliettes semblaient avoir été conçus pour infliger la plus grande souffrance possible au supplicié sans le tuer. C'était les cachots d'un tyran, pas ceux d'une reine lumineuse et heureuse.

— Barbares, dit-il finalement.

— Je ne sais rien de tout ça, répondit-elle.

Il la sentit se crisper légèrement entre ses bras.

— Et puis, poursuivit-elle, nous ne sommes pas en guerre. Je pense que s'il y a autant de soldats, c'est à cause des jours sombres. Cela fait un bon mois qu'il n'y en a pas eu. Il doit y en avoir un qui se prépare.

— Les jours sombres ?

— Nous ne sommes pas censés en parler. Cela pourrait contrarier la reine, et personne ne veut la contrarier. C'est une si belle âme.

Elle s'assit, croisa les jambes et les enveloppa dans le drap pour se réchauffer. La chaleur s'était atténuée et la sueur avait fraîchi. Elle lui prit le verre de vin et but une gorgée. Il ne la pressa pas d'autre question, attendant qu'elle ait bu.

—On dit que la reine a une sœur, une jumelle folle et cruelle. Elle vit dans des appartements tout en haut du château. Elle y est recluse depuis que leur père l'y a enfermée pour la sécurité de tous. Parfois, à la demande de la reine, parce qu'elle est juste et bonne et qu'elle aime sa sœur malgré sa méchanceté, elles intervertissent leurs places. La reine s'enferme dans les appartements de sa sœur, pendant que celle-ci prend le contrôle du château. Une cloche résonne alors dans toute la cité pour nous indiquer de rester enfermés jusqu'à ce que ce soit fini.

—Et que fait cette autre reine pendant ses moments de liberté?

Le chasseur était à la fois troublé et intrigué.

—Personne ne le sait vraiment. Il y a toujours alors d'énormes orages qui transforment les routes en rivières. On dit que l'autre sœur a la magie de sa mère. Parfois, elle donne des fêtes au château, poursuivit-elle, le visage subitement animé, mais empreint d'une certaine crainte. J'ai déjà entendu des carrosses passer dans les rues ces nuits-là. Puis le ciel s'éclaircit, la cloche sonne et la vie reprend son cours normal.

—À quel rythme surviennent ces jours-là?

—Ça dépend, mais je suis sûre qu'ils sont de plus en plus fréquents, répondit Nell avec un haussement d'épaules.

Comme je t'ai dit, on n'en parle jamais. Personne ne veut que la reine sache ce qui se passe. Elle est tellement bonne avec tout le monde. S'il y a autant de soldats, c'est peut-être parce que les ministres craignent que quelqu'un tente de s'en prendre à sa sœur.

Le chasseur avait émis la même hypothèse. Nell était peut-être terre à terre, mais elle n'était pas sotte. À cet instant, une voix résonna dans la pièce.

— Eh bien, ma chère, maintenant que vous avez fait à notre visiteur un compte-rendu de toutes les rumeurs ridicules qui courent dans notre cité, vous pourriez peut-être retourner travailler ?

Le chasseur tendit la main vers son poignard, à la tête du lit, avant de se rendre compte que celui qui avait parlé n'était autre que le Premier ministre. Il se tenait dans un coin de la pièce, les lèvres pincées, l'œil plein de mépris. Depuis quand était-il là ? Cela ne ressemblait pas au chasseur de ne pas sentir la présence d'un étranger. Peut-être n'avaient-ils pas bien fermé la porte derrière eux lorsqu'ils s'étaient engouffrés dans la pièce.

— Je suis désolée, messire.

Nell se leva d'un bond, la tête basse, le drap enroulé autour d'elle. Elle exécuta tant bien que mal un semblant de révérence.

— Elle n'a rien fait de mal, dit le chasseur, toujours allongé sur le lit.

Il forçait son corps à garder une posture relâchée, à ne rien montrer au conseiller de l'agacement que lui causait sa subite irruption – il n'avait même pas frappé à la porte !

— Je ne lui ai guère laissé le choix, ajouta encore le chasseur.

Le Premier ministre se tourna vers Nell, qui marchait en sauvant ce qu'elle pouvait de sa pudeur, ses vêtements ramassés à la hâte serrés dans ses bras, en direction de la pièce d'eau pour aller s'y rhabiller.

— Oui, j'en suis bien convaincu, répondit-il sur un ton lourdement ironique. Quand je suis entré dans la pièce, la pauvre petite donnait vraiment l'impression qu'on la faisait parler contre sa volonté.

— C'est que j'ai de grands pouvoirs de persuasion.

— Je n'en doute pas, répondit le ministre en se redressant de toute sa hauteur. J'espère que vos compétences de chasseur sont aussi impressionnantes. Il est temps que vous vous lanciez sur la piste de Rumplestiltskin. Et n'oubliez pas, j'ai besoin que vous me le rameniez vivant.

Il laissa passer un moment de silence.

— Rappelez-vous que votre prince est toujours dans le château.

Le chasseur se leva tranquillement et s'étira, appréciant à sa juste mesure la gêne du conseiller devant sa nudité.

— C'était une menace ? demanda-t-il en attrapant ses chausses. Vous savez que votre reine l'adore ?

Un rictus déforma la bouche du Premier ministre.

— Sa sécurité est plus importante que son bonheur. Elle est peut-être bonne et douce, mais je la connais mieux qu'elle ne se connaît elle-même.

— Ça n'en reste pas moins une menace.

Le chasseur sourit, les yeux brillants. Il n'avait pas le temps pour autre chose qu'un parler franc et direct. Le conseiller haussa les épaules.

— Je préfère voir ça comme un rappel de la situation.

— Ne vous inquiétez pas, dit le chasseur en enfilant sa chemise de grosse toile. Je vais faire de mon mieux.

Il glissa son poignard dans le fourreau à sa ceinture, puis prit son sac. Pas question de laisser les pantoufles de diamant derrière lui. À coup sûr, on fouillerait ses affaires. Il n'avait confiance en personne au château. Pas même dans le prince. Il se dirigea vers la porte, frôlant intentionnellement la frêle silhouette du vieil homme – pas assez pour le bousculer, mais suffisamment pour lui faire comprendre qu'il n'était pas intimidé. Le chasseur ne maîtrisait peut-être pas l'art de la diplomatie et les codes de la politique, mais il savait que les jeux de pouvoir entre les hommes s'exerçaient à différents niveaux. S'affirmer comme le plus puissant des deux était donc essentiel.

— Une dernière chose, le rappela le Premier ministre.

— Quoi donc ?

— Ne partez pas du principe que les soldats sont vos amis.

— Que voulez-vous dire ? demanda le chasseur, les sourcils froncés.

— Je ne peux pas garantir leur loyauté envers la reine, répondit le Premier ministre en joignant le bout des doigts sous son menton. Disons que je compte peut-être des ennemis parmi mes pairs. Ordre a été donné aux soldats de livrer le traître au conseil tout entier. Or, certains membres de cette assemblée pourraient l'utiliser pour tenter de me discréditer, ce qui ne serait pas bon pour la sécurité de notre reine – et par extension, poursuivit-il en plissant les yeux, pour celle de votre jeune prince. Je pense que vous conviendrez avec moi que ce brave garçon est trop aveuglé par l'amour pour voir quoi que ce soit d'autre que les merveilles qui l'entourent.

— Ce ne sera pas un problème, dit le chasseur. De ma vie, je n'ai encore jamais rencontré une personne de confiance. Si je trouve votre Rumplestiltskin vivant, je vous le ramènerai au château. Vous avez ma parole.

Il tourna les talons et sortit. Retrouver le grand air lui ferait le plus grand bien – même s'il ne devait pas quitter les limites de la cité. Il faisait nuit noire, et la plupart des habitants de la ville seraient endormis. Petra et lui seraient au moins à l'abri des ruses de ces étrangers qu'ils avaient réveillés.

Par ailleurs, malgré la liste que le Premier ministre lui avait si obligeamment remise, le chasseur avait une idée assez précise de l'endroit où commencer ses recherches.

7

LA BÊTE ARRIVE...

Tandis qu'ils marchaient dans les rues silencieuses, Petra avait presque l'impression que la cité était de nouveau en proie au sortilège. *Comment peuvent-ils dormir, après avoir passé cent ans plongés dans le sommeil ?* se demandait-elle. De fait, le royaume était revenu sans protestation à la routine du jour et de la nuit. Évidemment, pour les sujets de la reine, le siècle écoulé n'avait duré qu'un instant.

L'aube n'allait plus tarder. Le noir du ciel se teintait de bleu foncé. Petra, qui n'était jamais allée dans une ville aussi grande, avait l'impression de se promener dans un immense labyrinthe. Seule l'énorme silhouette du château dressée derrière eux lui permettait de s'orienter. Pour sa part, le chasseur paraissait toujours savoir où il se trouvait.

— Nous allons chez ce Rumplestiltskin ? demanda-t-elle à voix basse.

Petra avait troqué sa robe de soirée contre sa tenue habituelle. Comme un petit vent coulis balayait subitement la ruelle, elle rabattit sur sa tête la capuche de sa cape rouge. Pour la première fois de sa vie, elle regretta que son vêtement fétiche ne soit pas noir, gris, ou de toute autre couleur qui lui aurait permis de se fondre dans le décor de la ville. Dans les lueurs blafardes de l'aube, difficile d'imaginer qu'elle puisse échapper aux regards, aussi bien ceux des soldats que celui du traître qu'ils traquaient. De même, elle aurait du mal à ne pas attirer l'attention de la créature dont les feulements dansaient avec son âme. La perspective de la rencontrer la mettait en transe mais, en même temps, la sensation d'aller au devant d'un danger lui faisait battre le cœur. Elle savait mieux que quiconque que les loups n'hésitaient pas à tailler en pièces un animal plus faible. Tout bien pesé, la couleur de son manteau avait peut-être une valeur prophétique.

— À sa place, vous iriez vous cacher chez vous ? demanda tranquillement le chasseur. Je ne pense pas.

Dans la pénombre, elle ne distinguait ni ses traits hâlés par le grand air, ni ses yeux noirs. Néanmoins, il marchait d'un pas décidé, sachant de toute évidence où il allait ; Petra avait confiance en lui. Ils formaient un trio décidément bien étrange – le prince assoiffé d'aventure et en quête d'un conte de fées qui se termine bien, le chasseur visiblement contraint de l'accompagner, et elle, la fille des bois, attirée là par un bruit étrange qui aurait dû la terrifier et non l'envoûter. Trois êtres dissemblables, trois pièces rapportées que n'unissait aucun objectif commun, hormis la nécessité de rentrer ensemble au pays.

— Mais nous pourrions y trouver des indices et deviner où il a pu aller se cacher.

— Les soldats auront déjà tout fouillé. Et probablement tout détruit. C'est une engeance qui se distingue rarement pas son sens de la nuance.

Ils bifurquèrent dans une rue et Petra reconnut l'endroit : c'était la grande place du marché, au cœur de la partie populaire de la cité. Le chasseur se dirigea droit sur la statue érigée en son centre.

— Je ne sais peut-être pas où il se cache, mais j'ai une bonne idée de l'endroit où nous pourrons le trouver, poursuivit-il en pointant du doigt les lignes gravées dans la pierre. Quelqu'un ne dormait pas. Et si c'était lui, alors même le meilleur chasseur du monde ne pourra le retrouver. Il a eu cent ans pour explorer la ville. Il en connaît tous les coins et recoins, jusqu'à la plus infime cachette. Cela dit, personne ne peut rester caché indéfiniment. Ce Rumplestiltskin sait qu'à un moment ou à un autre quelqu'un finira par l'apercevoir. Que feriez-vous donc si vous étiez à sa place ?

Petra observa les lignes, dont la régularité allait s'amenuisant au fil du temps.

— Je chercherais à m'en aller avant que la reine ne retrouve ses marques, répondit-elle en resserrant son manteau autour d'elle. Mais où pourrait-il bien aller ?

— Nous avons réussi à entrer. J'imagine qu'il nous a vus. Si j'étais lui, je commencerais par tenter ma chance en essayant de me frayer le même passage dans le mur végétal.

— Mais la forêt s'est refermée, objecta Petra.

— Oui, c'est même la raison pour laquelle nous avons une chance de le cueillir. Et puis après, la forêt sera peut-être assez aimable pour nous laisser passer à nouveau.

— Bonne chance pour convaincre le prince de repartir, murmura-t-elle comme ils se remettaient en route, à un rythme plus soutenu cette fois-ci. Elle l'a complètement ensorcelé.

Petra était hors d'haleine et presque en nage lorsqu'ils atteignirent la lisière de la cité. À plusieurs reprises, ils avaient dû se dissimuler pour échapper à une patrouille – personne ne les avait vus. Cela dit, les soldats se déplaçaient en faisant un tel bruit que les deux maraudeurs avaient chaque fois eu tout le temps qu'il leur fallait pour disparaître. Le chasseur examina la muraille dense et drue qui se dressait devant lui, puis sourit.

— Regardez, dit-il.

Petra suivit son regard. Une pièce de bronze était glissée dans l'épaisse masse végétale.

— Un repère. Il a dû le placer après notre passage, histoire de pouvoir retrouver l'endroit.

Les yeux plissés, le chasseur sondait la pénombre et scrutait les abords.

— Là-bas, dit-il en désignant un petit bosquet que masquaient de longues branches tombantes. Nous nous cacherons là pour attendre qu'il arrive.

Petra n'avait guère envie d'aller se coller à la muraille d'épines – le souvenir de la façon dont la forêt avait tenté de se refermer sur eux pour les étouffer était encore vivace dans son esprit. Néanmoins, elle suivit docilement le chasseur. Les senteurs entêtantes qu'exhalait le mur derrière eux les faisaient presque suffoquer. C'était comme si toute la flore existante se trouvait dans leur dos. Les notes boisées de chêne et de santal se mêlaient ainsi à celles plus fleuries du lys, du lilas et des pommiers en fleurs, mais aussi aux fragrances entêtantes, acides et piquantes du cassis et de toutes les feuilles reverdies. L'espace d'un instant, Petra fut prise de vertige.

— Quand pensez-vous qu'il viendra ? demanda-t-elle tout doucement.

— Je dirais à l'aube. Il a besoin d'y voir un peu mieux.

En réalité, ils n'eurent pas si longtemps à attendre. Au bout d'une vingtaine de minutes, une silhouette sombre apparut ; à travers les branches qui les dissimulaient, Petra sut immédiatement que c'était l'homme qu'ils cherchaient. Grand et vêtu d'une veste écarlate qui avait connu des jours meilleurs, il devait avoir une cinquantaine d'années. Il transportait sur son dos un sac apparemment très lourd, d'où pointait le fuseau d'une quenouille. Il marcha dans leur direction en marmonnant quelque chose ; Petra retint son souffle. Du regard, il fouillait le sol. Soudain, il s'arrêta, puis se pencha pour ramasser la pièce ; dans son autre main, il tenait une hachette. Après avoir rempoché la monnaie, il s'attaqua à grands coups à l'impénétrable masse verte devant lui.

Petra perçut à peine le mouvement du chasseur quand il s'accroupit jusqu'à disparaître du champ de vision de Rumplestiltskin, avant de sortir sans un bruit de leur refuge, décrivant un large cercle pour arriver dans le dos du fuyard. Les arbres bruissaient tandis que le fil de la hache mordait dans leurs fibres. Dans la lumière naissante, Rumplestiltskin était totalement concentré sur sa tâche, un tourbillon de feuilles hachées menu volant tout autour de lui. Le chasseur s'approchait par derrière, à petits pas lents et réguliers, sans le moindre mouvement intempestif susceptible d'alerter sa proie. Quand il ne fut plus qu'à un mètre environ, il tendit une main dans un geste fluide.

Tout se déroula si vite que Petra eut à peine le temps de retenir son souffle. Le chasseur avait retourné Rumplestiltskin d'un coup, mettant ensuite à profit sa stupeur pour lui arracher la hache des mains. Dans un gémissement sourd, l'homme chancela contre le mur de branchages. Petra sortit de son abri.

—Vous ! s'exclama Rumplestiltskin d'une voix claire qui portait dans l'air très calme du petit matin.

Ses yeux, emplis d'un immense désespoir, allaient du chasseur à Petra.

—Qu'avez-vous fait ? reprit-il. Pourquoi l'avez-vous réveillée ?

—Nous devons vous ramener au château, dit le chasseur. Vos histoires ne nous concernent pas. Vous vous entendrez avec vos pairs pour trouver une solution.

Petra était stupéfaite de la douceur du ton du chasseur.

—Oh si, elles vous concernent maintenant, gémit Rumplestiltskin. C'est vous qui l'avez réveillée. Alors que nous étions si près du but ! Après si longtemps, après tout ce temps passé à attendre ! Nous y étions presque. Et il a fallu que vous la réveilliez.

Petra se tenait prudemment à distance. Elle ne savait pas au juste à quoi elle s'était attendue, mais en tout cas pas à cet océan de désolation et de jérémiades. Pas après ce qu'elle avait vu des autres ministres. En même temps, celui-ci était resté réveillé pendant les cent années que les autres avaient passées à dormir. Voilà qui avait de quoi rendre fou.

—Après tout ce j'ai sacrifié, poursuivit-il dans un marmonnement, les yeux pleins de larmes. Toutes ces choses auxquelles j'ai bêtement renoncé. Et il a fallu que vous veniez la réveiller. Maintenant, tout est redevenu comme avant. Étrangers stupides, cracha-t-il encore en levant les yeux vers le chasseur. Stupides…

Puis il s'effondra et ses épaules s'affaissèrent. Tandis qu'il sanglotait, un gémissement sourd jaillit de sa gorge, venu du plus profond des cent ans de solitude et de désespoir qu'il venait de vivre. C'était un spectacle terrible. Petra avait imaginé qu'il les supplierait de le relâcher et de lui laisser la vie sauve, de lui épargner les châtiments qui l'attendaient au château, mais il était visiblement résigné à son sort. La petitesse de la hache qu'il avait emportée – et qui ornait à présent la ceinture du chasseur – laissait d'ailleurs entendre qu'il n'avait jamais cru à ses chances de partir d'ici.

De toute évidence ému par la détresse de leur prisonnier, le chasseur s'approcha pour lui passer un bras autour des épaules. Captivée par la scène qui se jouait sous ses yeux, Petra n'entendit que trop tard les bruits de pas derrière elle.

Subitement, elle fut tirée en arrière par son manteau rouge, puis des bras puissants l'enserrèrent. Elle sentit sur sa gorge l'acier froid et tranchant d'une lame. Elle émit un glapissement et le chasseur se retourna, oubliant Rumplestiltskin sur l'instant.

—Livrez-le-moi ! dit une grosse voix.

Petra sentit l'haleine fétide de son assaillant sur sa joue. Le plastron métallique de l'homme était plaqué contre son dos. Elle tenta de se débattre, mais la poigne qui la retenait était solide. Il empestait la vieille sueur.

— Et pourquoi tu ne relâcherais pas la fille, soldat ? dit le chasseur. Nous sommes tous du même bord, ici. Nous étions sur le point de le ramener au château comme on nous l'a demandé.

— Il n'ira nulle part. J'ai des ordres, et des renforts arrivent, répliqua l'homme en resserrant sa prise sur la gorge de Petra, au point pratiquement de l'étouffer. Tue-le maintenant et on vous laissera peut-être la vie sauve.

— Relâche la fille. Elle n'a rien fait, dit le chasseur en s'avançant d'un pas, les deux mains levées. Fais ce que tu as à faire, mais sache que je ne tuerai pas un homme de sang-froid.

— Recule.

À la crispation du corps du soldat, Petra devina qu'il était jeune – et nerveux, en dépit de ses fanfaronnades. La lame mordit alors la peau tendre de son cou, et elle poussa un cri de souffrance. Un filet chaud coula de l'entaille. Du sang.

Le chasseur se figea.

C'est à cet instant qu'il arriva. Comme surgi du néant, il bondit par-dessus le chasseur en poussant un grognement plein de colère, absolument terrifiant.

Le loup.

Il emplit complètement son champ de vision. Son corps à l'impressionnante musculature était recouvert d'une fourrure d'un gris presque bleuté. Ce n'était pas un loup ordinaire, du genre de ceux qui s'étaient attaqués aux chèvres de sa grand-mère. Non, éthéré et solide à la fois, celui-ci était deux fois plus grand que ses congénères, et sa fourrure était si brillante qu'elle paraissait étinceler dans la lumière du petit matin. Emporté par son élan, il vola au-dessus d'elle. Ses yeux jaunes étincelaient comme des flammes, et ses crocs luisaient derrière ses babines retroussées. Des griffes saillaient au bout de ses énormes pattes. Il n'était que rage et fureur.

Juste avant qu'il ne la percute, Petra eut le temps de se dire que c'était la plus magnifique créature qu'elle avait jamais vue. L'instant suivant, tout l'air s'était échappé de ses poumons, et elle gisait allongée sur le sol.

Le bal était terminé depuis une bonne heure, mais le prince et Belle ne supportaient pas l'idée d'être déjà séparés. Le prince savait qu'il aurait dû être fatigué, mais l'euphorie d'avoir enfin trouvé l'amour le tenait éveillé. Bien qu'ils se soient déjà embrassés – et même plusieurs fois –, il y avait chez elle une forme d'innocence qui le retenait de lui proposer de se retirer dans sa chambre. Pourtant, ce n'était pas faute de la désirer, loin de là. Il attendrait la nuit de leurs noces, pour la posséder avec douceur et tendresse ; leur amour ne serait pas souillé par la hâte bestiale. Belle était tellement pure. Après avoir pris tant de servantes et de ribaudes, il se sentait presque honteux de son passé. Peut-être aurait-il dû se conserver lui aussi, pour elle. Cela dit, les princes étaient censés être des hommes du monde. Il était donc légitime qu'il ait une certaine expérience. Elle était reine, mais ce serait lui le maître dans la chambre à coucher.

Tandis que la nuit glissait doucement vers le jour, ils se promenaient bras dessus, bras dessous, s'arrêtant çà et là pour contempler une peinture qu'elle aimait ou une sculpture qu'elle avait commandée. Tranquillement, elle lui faisait les honneurs de sa vaste demeure, un château au luxe comparable à celui de son père. Ils firent une pause aux cuisines, où les mitrons de la nuit avaient préparé du pain tout chaud et des viennoiseries. En entendant les aimables félicitations de leur reine, tous les hommes rougirent.

Tout en grignotant leurs croissants, ils revinrent vers le cœur du palais, en passant par la salle de bal, si pleine de musique et de danse encore peu de temps auparavant. Il l'attira contre lui et ils valsèrent en riant comme des enfants, tourbillonnant vers la porte du fond, contre laquelle ils s'embrassèrent. Elle paraissait si naturellement à sa place entre ses bras. Doucement, il fit courir le bout de ses doigts sur le visage de Belle, avant d'effleurer, plus bas, la naissance de sa gorge ; elle poussa un soupir et frémit de plaisir. Elle aussi avait envie de lui ; il le voyait à la façon dont ses lèvres parfaites s'entrouvraient, à la brume dans son regard.

— Je t'aime, lui dit-elle en souriant.

— Moi aussi, je t'aime.

Oui, il l'aimait. Elle était parfaite.

Ils franchirent les portes et elle l'entraîna à l'intérieur de la bibliothèque, dont les rayonnages de chêne et d'acajou croulaient sous le poids de milliers de volumes. La lumière du soleil entrait à flots par les fenêtres. Elle passa de rangée en rangée, montrant les livres qu'elle adorait lire quand elle était enfant – des contes de princes tuant des dragons sur la Montagne lointaine, des récits de pirates naviguant sur les mers de l'est, et d'autres histoires d'amour, de magie et d'aventure. Tandis qu'elle lui promettait en riant qu'un jour ils les liraient à leurs propres enfants, le prince aperçut une porte dans un renfoncement, pratiquement invisible au milieu d'une telle profusion d'œuvres d'art et de couleurs. Le panneau était en acajou, comme les étagères. À l'instant où il le poussait, il entendit le tintement d'une clochette dans le lointain. Sur le seuil d'un étroit couloir, il leva les yeux et distingua des fils attachés aux gonds de la porte qui disparaissaient dans le plafond. *Un dispositif pour appeler les serviteurs ? Mais pourquoi ici ? Il ne viendrait à l'idée de personne de sonner dans ce petit corridor pour demander qu'on allume un feu ou qu'on apporte à boire. Ça ne rime à rien. Cette porte daterait-elle d'une époque où ce couloir était intégré dans des appartements ?* Saisi par la curiosité, il fit un pas en avant.

— Belle, appela-t-il par-dessus son épaule. Qu'y a-t-il là-bas ?

Aucune peinture n'ornait les murs du petit couloir ; seule une porte de chêne se trouvait à l'autre extrémité, rien d'autre.

Il s'avança sans attendre sa mie. Parvenu devant l'huis, il souleva le lourd anneau de fer qui faisait office de poignée. Il eut beau pousser, rien ne se passa. La porte était verrouillée.

— Je ne viens jamais ici, dit Belle d'une toute petite voix, où toute trace d'humour avait disparu.

Il se retourna et la vit à l'entrée du couloir, les sourcils froncés.

— Pourquoi ne partons-nous pas ? Je suis fatiguée. Nous devrions aller nous coucher.

Le prince s'accroupit pour regarder à travers le trou de la serrure. La pièce était sombre, mais il parvint à distinguer des murs peints en rouge et ce qui ressemblait à de lourdes tentures noires. Des éléments dorés étincelaient çà et là.

— On dirait une autre salle de bal, murmura-t-il, avant de se relever. Tu ne l'as jamais vue ? demanda-t-il en se tournant vers elle. Comment est-ce possible ?

Elle s'était mise à trembler, les mâchoires subitement crispées.

— Je ne veux pas rester ici.

— Tu n'es donc pas curieuse ? Tu dois bien avoir envie de connaître toutes les parties de ton château. Après tout, tu en es la reine.

— J'ai dit que je ne voulais pas rester ici.

Son tremblement devenait de plus en plus marqué. Belle s'écarta à reculons en tirant sur ses mèches, réduisant à néant la coiffure savamment agencée qui retenait ses boucles.

— Que se passe-t-il ?

Mais qu'est-ce qui peut bien la mettre dans cet état ? Quelqu'un est mort dans cette pièce ? Un parent ?

— Je suis désolé, reprit-il en se précipitant vers elle. Je ne voulais pas te contrarier.

Il tendit une main vers elle, mais elle l'esquiva. Les yeux de la jeune femme étaient devenus vitreux. *A-t-elle encore seulement conscience de ma présence ?*

— Belle ?

— Je n'aime pas être ici, marmonna-t-elle.

Puis, sans le moindre signe avant-coureur, elle s'assena une énorme gifle.

Le prince en fut si stupéfait qu'il resta un instant incapable de réagir. Des marques rouges et nettes apparurent sur sa peau de pêche. Ce ne fut qu'en la voyant lever la main pour se frapper à nouveau qu'il la saisit par le poignet pour l'arrêter.

— Qu'est-ce qui t'arrive ? Que se passe-t-il ?

Elle se débattit en crachant de colère entre ses dents serrées. Son tremblement se faisait si violent que le prince crut qu'elle allait avoir une crise. *C'est peut-être ça,* songea-t-il. Le souffle de la reine était de plus en plus saccadé. Elle serra ses bras autour d'elle.

Des bruits de pas résonnèrent soudain dans la bibliothèque ; le Premier ministre arrivait en courant, sa robe bordée de fourrure flottant derrière lui.

— Que faites-vous ici ? Pourquoi avez-vous ouvert la porte ?

— Je n'ai… J'ai juste…

Le prince ne savait pas quoi dire. Le vieil homme l'écarta sans ménagement pour venir prendre Belle dans ses bras.

— Elle va bien ? demanda le prince, avec un terrible sentiment d'impuissance.

De toute évidence, non, la reine n'allait pas bien. Non seulement elle présentait d'étranges symptômes physiques, mais ses cheveux étaient également en train de changer. Les deux mèches blondes sur l'avant devenaient plus foncées, tandis que le reste de sa chevelure, à l'inverse, blondissait.

— Je vais m'occuper d'elle, dit le Premier ministre en s'interposant pour que le prince ne puisse rien voir de cette transformation. Retournez dans vos appartements et restez-y.

Il avait parlé d'un ton sec et plein d'autorité, à tel point que ses paroles parvinrent à atteindre le prince malgré son hébétude. Seul le roi, son père, s'était permis de lui parler un jour sur ce ton.

— Vous n'en sortirez que quand je vous le dirai, poursuivit le conseiller. C'est compris ?

— Que se passe-t-il ? demanda le prince, avec le sentiment d'être redevenu un petit garçon.

— La Bête arrive, répondit posément le ministre. Maintenant, partez.

Et le prince fit ce qu'on lui demandait.

8

UNE TERRIBLE MAGIE…

Ils laissèrent le soldat à l'endroit où il était tombé, la gorge déchirée, ses yeux pleins d'étonnement et d'effroi désormais tournés vers le ciel, pour toujours. Peut-être avait-il menti en annonçant l'arrivée imminente de renforts, mais il ferait bientôt complètement jour et la ville était sur le point de s'éveiller. On ne tarderait pas à découvrir le corps.

Aussitôt calmé après son attaque éclair, le loup émit un long hurlement plaintif puis rejoignit Rumplestiltskin, sans quitter un instant Petra du regard. Après avoir tapoté la gueule de la féroce bête, l'homme prit la gueule du petit groupe. La jeune femme, pétrifiée, avait les yeux rivés sur l'animal, et le chasseur dut le prendre par le bras pour lui intimer de se mettre en route. Ils n'avaient plus d'autre choix désormais. Il ne pouvait pas s'attaquer au loup – il n'en avait d'ailleurs aucune envie, il y avait comme de la noblesse dans sa grâce et sa férocité. Rumplestiltskin avait-il réussi à le dompter ? Peu importait au fond ; le loup avait sauvé Petra, et le chasseur faisait plus volontiers confiance aux animaux qu'aux hommes. Ils suivraient le loup où qu'il aille.

Après les avoir menés jusqu'à un grand chêne, Rumplestiltskin se baissa pour ouvrir une trappe dissimulée sous un tapis d'herbes et de feuilles.

— Entrez, ordonna-t-il sur un ton d'urgence.

Le loup bondit dans l'ouverture obscure, puis les autres suivirent. Après avoir remis en place le panneau, Rumplestiltskin prit une torche glissée dans une encoche sur la paroi et l'alluma. Devant eux s'ouvrait un tunnel bas, transpercé çà et là de racines d'arbres. L'endroit ne paraissait pas des plus sûrs aux yeux du chasseur, mais il suivit sans rien dire, en tenant la main de Petra dans la sienne.

Courbés en deux au point qu'ils auraient aussi bien pu ramper, ils progressèrent pendant plusieurs minutes pour finir par déboucher dans une grotte certainement creusée par une main humaine, pourvue d'une porte à une extrémité et d'une petite ouverture dans le plafond, par laquelle pénétrait la lumière extérieure, quelques mètres au-dessus.

Manifestement, Rumplestiltskin avait fait ce qu'il fallait pour être confortablement installé. Outre deux lits et des piles de livres, il y avait une table où reposaient un pichet de vin, du pain frais, du fromage et un jarret de porc rôti.

— Si vous avez faim, servez-vous, marmonna-t-il en débarrassant une chaise pour Petra.

Depuis leur sauvetage et la fuite qui s'en était suivie, il avait recouvré son calme. Pour sa part, la jeune femme avait le souffle encore un peu court, du fait de sa rencontre un peu brutale avec le loup.

— C'est vous qui avez creusé cet abri ? Tout seul ? demanda Petra en tamponnant la coupure sur son cou avec un linge pour arrêter l'hémorragie.

— Sur près de cent ans, oui. Cela ne nous a pris tant de temps que ça, répondit Rumplestiltskin en posant son sac à terre avant de s'asseoir sur l'un des lits.

— Nous ? demanda le chasseur.

Et à la seconde même où il posait cette question, un premier rayon de soleil traversa l'oculus et le loup commença à se transformer, dans un gémissement d'agonie.

Sa fourrure passa par un millier de couleurs chatoyantes et ses yeux jaunes s'agrandirent démesurément. Des myriades d'étincelles bariolées fusèrent de son pelage puis tourbillonnèrent autour de lui. La lumière devint si intense que le chasseur dut fermer les yeux. Malgré ses paupières closes, l'éclat le fit tout de même vaciller. La bête poussa un bref hurlement, puis ce fut le silence.

Lorsque le chasseur se risqua à rouvrir les yeux, la pièce avait retrouvé son aspect normal. L'aveuglante clarté avait disparu – et le loup aussi. À sa place, un homme était allongé sur le sol brut. Il toussa à deux reprises et s'assit.

—J'ai beau être habitué, c'est toujours aussi difficile, grogna-t-il en époussetant sa chemise blanche et sa veste noire.

Ses cheveux blond foncé étaient épais et brillants, et ses yeux d'un vert clair pailleté d'or.

—Vous êtes un homme, dit Petra en le dévisageant. Je savais que vous n'étiez pas qu'un loup. Je le savais. Tout ce temps où je vous écoutais depuis l'autre côté du mur… C'était vous.

Elle sourit, et l'homme lui sourit en retour. Le chasseur sentit la magie qui passait de l'un à l'autre. Elle vibrait autour d'eux avec plus de force encore que celle qui avait empli la pièce lors de la transformation.

—Et vous êtes la fille qui m'a répondu.

Ils se regardaient avec cette lumineuse évidence que seuls partagent ceux qui se savent destinés l'un à l'autre, sans pourtant s'être jamais rencontrés.

—Vous m'avez sauvé la vie, dit Petra.

L'homme hocha la tête, mais sans desserrer les dents.

—Je suis désolé de l'avoir tué, dit-il, de toute évidence honteux de ce qui s'était passé. Tout est différent quand je suis le loup. Les zones grises n'existent plus. L'instinct seul commande mes actions.

— Moi, je ne suis pas désolée que vous l'ayez tué, dit Petra. Après tout, il allait nous tuer tous.

Le visage délicat de la jeune femme s'empourpra légèrement, et un frisson lui parcourut l'échine.

— Alors soyez la bienvenue, dit l'homme, avant de boire le verre d'eau que Rumplestiltskin lui avait servi. Je m'appelle Toby, ajouta-t-il ensuite en venant s'incliner devant Petra.

— Vous aussi vous êtes resté éveillé pendant tout ce temps ? demanda le chasseur.

— Oui, répondit Toby.

Son sourire s'effaça de son visage.

— J'étais victime d'un sortilège, poursuivit-il. Il y avait une sorcière dans la cité, assez âgée, qui était tombée amoureuse de moi. C'était une très belle femme, célèbre pour sa paire de pantoufles de diamant enchantée, grâce à laquelle elle avait déjà mis plein d'hommes dans son lit. Elle me poursuivait de ses assiduités sans relâche, mais moi, je ne l'aimais pas. Et elle n'a pas bien pris ma rebuffade. Une nuit, elle m'a vu en compagnie d'une dame de la cour, et la jalousie l'a submergée. Elle a jeté une malédiction sur moi, pour que chaque nuit de pleine lune je me transforme en loup. La première fois que la chose s'est produite, ma famille a été terrifiée. Le bruit a très vite couru qu'il y avait un loup-garou en ville et les gens se sont lancés à mes trousses. Je me suis donc caché dans la forêt. Je ne me glissais plus dans la cité que pour chercher à boire et à manger. C'est au cours d'une de ces expéditions que la forêt s'est refermée derrière moi et que la ville s'est subitement endormie. J'en ai conclu, mais c'est une supposition, que le second sortilège ne m'avait pas affecté puisque j'étais déjà sous le coup du premier.

— La sorcière dormait-elle, elle aussi ? demanda Petra. Est-ce qu'elle s'est réveillée ?

— Non. Je suis allé chez elle, mais je l'ai trouvée morte dans son lit. Assassinée. Je me demande si elle n'a pas attiré dans son lit un homme dont l'épouse s'est révélée plus jalouse que terrifiée, expliqua Toby en haussant les épaules. La cité ne se portera pas plus mal sans elle. Elle a causé sa propre perte.

— Ce dont je lui suis infiniment reconnaissant – même si cela t'a valu de te retrouver piégé pendant un siècle avec moi, dit Rumplestiltskin en tapotant amicalement l'épaule de Toby. Sans toi, je serais devenu fou.

— Et vous, pourquoi ne vous êtes-vous pas endormi ? demanda Petra au vieil homme.

— C'est moi qui ai lancé cette malédiction. La magie n'affecte pas ceux qui l'utilisent. Le temps s'est figé pour moi, mais sans que je sombre dans le sommeil.

Il se servit un verre de vin, et le chasseur vit que sa main tremblait. Ces cent années avaient dû lui sembler terriblement longues. Pourquoi donc s'était-il infligé une telle épreuve ? Il avait l'air inoffensif, mais un siècle avait pu suffire à lui ôter toute méchanceté naturelle éventuelle. Non, c'était peu probable. La méchanceté grandit avec l'amertume, or cent ans de solitude auraient rendu n'importe qui amer.

— Vous êtes vous trompé de sœur en lançant le sortilège ? demanda le chasseur. Vous ne comptiez pas vous en prendre à Belle ?

— Me tromper de sœur ? dit le vieil homme en souriant rêveusement. Une histoire bien facile à avaler, hein ? Les jours sombres. La seconde sœur. La jumelle maléfique. Une brune avec des mèches blondes et une blonde avec des mèches brunes. L'une si douce, si gentille et si pure, et l'autre sauvage, méchante et possédée par la magie de sa mère.

Quelque part au-dessus d'eux, un grand éclair bleu zébra soudain le ciel, éclairant un instant la pièce souterraine. Puis le tonnerre gronda, si fort que le sol tout autour se mit à trembler.

Rumplestiltskin regarda le chasseur dans les yeux ; son visage exprimait une immense lassitude.

— Il n'y avait qu'une seule fille. Ils l'appelèrent Belle. Et belle, elle l'était, ô combien. Mais elle était plus que ça. Elle était tout à la fois la Belle et la Bête.

Le jeune roi et son peuple pleurèrent leur sublime reine et rendirent son corps aux eaux d'où elle était venue, mais leurs cœurs restaient amers. Le roi ne blâma pas les esprits des ancêtres de la défunte pour leur colère. Paisible et optimiste de nature, il espérait qu'un jour, lorsque sa fille aurait grandi, ils lui pardonneraient l'égoïsme dont il avait fait preuve en aimant une ondine. De tout son cœur, il souhaitait être en mesure de leur montrer que l'union de la terre et de la magie pouvait engendrer quelque chose de beau et de bon.

La petite Belle était pour lui une source de grand réconfort. C'était une enfant docile et agréable, qui ne pleurait presque jamais, mais au contraire souriait et gazouillait dans les bras de son père. Le cœur du roi ne guérirait sans doute jamais totalement, mais ses plaies à vif commençaient à cicatriser. Il déversait tout son amour sur sa petite, exactement comme son épouse disparue l'aurait voulu.

Tout le royaume aimait Belle. Et comment aurait-il pu en être autrement ? Même le cœur des vieux ministres cyniques se réchauffait en sa présence. Elle irradiait la bonté de tout son être et chérissait tout le monde. Aimer était dans sa nature. Pour son quatrième anniversaire, il y eut une grande fête dans toute la cité en liesse. Elle reçut un véritable déluge de présents, tous venus du fond du cœur. À elle, on n'offrait rien par calcul politique, comme cela se faisait bien souvent pour les enfants des princes et des rois. Il y en avait tant qu'elle insista pour les partager avec les enfants pauvres de la ville, et on ne l'en aima que plus.

Il n'y en eut qu'un seul qu'elle ne partagea avec personne – celui qui faisait pétiller ses yeux comme jamais rien auparavant. Un petit chat noir et blanc appelé Domino, que lui avait donné le meilleur ami de son père et son plus proche conseiller, Rumplestiltskin. Elle disait en souriant que Domino était comme elle, avec son poil noir taché de blanc de-ci, de-là. Elle aimait le caresser et s'amuser avec lui. Et tout était parfait.

Belle adorait Domino et le chat le lui rendait bien. Contrairement à ses frères félins, il ne plaçait pas son indépendance tout en haut de ses priorités. Comme un jeune chiot, il suivait la petite fille partout où elle allait, et dormait avec elle roulé en boule sur son oreiller. Certains disaient – ou plutôt murmuraient – que c'était à cause de sa mère, car tout le monde sait que les sorcières ont un don avec les animaux. Néanmoins, même ceux que le comportement du chaton intriguait n'allaient pas jusqu'à penser du mal de la petite princesse. Elle était toujours si pleine de bonté et d'amour !

Domino mourut trois ans plus tard, lors du premier jour sombre. On n'appelait pas encore ces journées-là ainsi, et personne n'aurait pu dire alors à quel point elles allaient devenir sombres ; toujours est-il que ce jour-là, Belle se transforma pour la première fois. Il n'y eut aucun événement déclencheur, et personne ne savait alors ce qui pouvait y mettre un terme. Si sa mère avait été encore de ce monde, peut-être aurait-elle su quoi faire pour calmer sa fille, mais l'ondine n'était plus et la princesse enfant était seule, perdue dans un monde d'hommes.

C'était pourtant une journée parfaite. La princesse, qui venait d'achever ses leçons de musique et de danse, avait regagné ses appartements pour aller s'amuser. Heureusement, ses servantes n'étaient pas là ; Belle était seule.

Ce furent Rumplestiltskin et le roi qui la trouvèrent. Pendant un temps, ils gardèrent ce qu'ils virent pour eux, et ce fut un secret bien lourd à porter. Initialement, ils avaient prévu d'aller faire une promenade à cheval avec la princesse, mais un subit orage avait assombri le ciel d'été. La pluie s'était mise à tomber. Toujours soucieux de la santé de sa fille, sûrement parce qu'avoir perdu sa femme bien-aimée l'avait rendu craintif, le roi avait décidé qu'ils resteraient au château pour jouer aux cartes. Les deux hommes étaient en train de plaisanter gaiement lorsqu'ils ouvrirent la porte de la chambre de Belle.

Leurs rires moururent instantanément dans leurs gorges.

Le roi ne voyait qu'une seule chose : du sang. Du sang et rien d'autre.

Tout d'abord, il crut que ce sang était celui de Belle, et il se précipita sur elle, saisi de panique, ordonnant à son conseiller d'aller quérir les médecins. Puis, en s'approchant, il aperçut les petits ciseaux de couture et les yeux vitreux de Domino qui contemplaient le ciel. Le petit chat tout raide était sur les genoux de sa fille, au milieu d'une flaque de sang.

—Son pelage ne veut pas changer, aboya Belle, d'une voix aiguë et colérique. Son pelage ne veut pas changer et il m'a griffée.

Elle était indignée. Un rictus atroce déformait sa frimousse d'ordinaire si jolie. Elle était affreuse.

—Il m'a griffée.

—Mais qu'as-tu fait, Belle ? s'exclama le roi, horrifié, incapable de prendre la pleine mesure de la scène qu'il avait sous les yeux.

Il s'accroupit pour ramasser la petite dépouille martyrisée du chaton tant aimé.

—Regardez ses cheveux, dit Rumplestiltskin, après avoir verrouillé la porte pour éviter qu'un serviteur n'aperçoive l'horrible spectacle en passant. Que leur est-il arrivé ?

—Son pelage ne va pas avec mes cheveux, murmura Belle, subitement troublée.

De ses doigts couverts de sang, elle tira sur ses mèches bouclées.

—Il ne voulait pas le changer. Pourquoi ne voulait-il pas le changer ? Pourquoi m'a-t-il griffée ?

Ses cheveux, d'ordinaire bruns avec deux mèches du même blond que celui de sa mère, étaient comme inversés. Sa chevelure était désormais blonde, avec deux mèches brunes encadrant son visage encore poupin.

— Ce n'est pas bien, dit Rumplestiltskin en enveloppant ce qui restait du pauvre chat dans une serviette. Ce n'est pas bien, Belle.

La princesse était plus que la fille du roi. Elle était l'objet de l'adoration du peuple tout entier.

— Est-ce là l'œuvre d'une terrible magie ?

— Papa ? dit Belle, sourcils froncés, en levant son petit visage inquiet. Papa, qu'est-ce que tu fais ici ?

Ses cheveux commencèrent à changer de nouveau, pour retrouver leur teinte naturelle. Alors que les deux nuances se fondaient l'une dans l'autre, ils aperçurent par la fenêtre le premier rayon du soleil qui perçait à travers les nuages. Le temps changeait avec elle.

Le roi prit sa fille dans ses bras pour l'emmener dans la pièce d'eau.

— Débarrassez-vous de ce chat, gronda-t-il à voix basse. Là où personne ne le trouvera.

Rumplestiltskin fit ce qui lui était demandé. Il y avait plein d'endroits où faire disparaître la petite dépouille lardée de coups de ciseaux et à moitié dépecée ; il choisit un coin tranquille dans le verger pour y enterrer Domino. C'était un bon chat, doux et aimant, et qui adorait sa petite maîtresse. Plein de bonté, lui-même père d'une petite fille, Rumplestiltskin se sentait responsable du sort subi par le pauvre animal. Transpirer un peu pour lui offrir une sépulture digne n'était pas un bien lourd tribut à lui verser. Il plaça le petit corps dans une boîte pour éviter que les renards viennent s'en emparer dans la nuit.

À son retour aux appartements de Belle, la princesse, lavée et changée, jouait aux cartes avec son père, tous deux assis sur son lit. Elle leva la tête et sourit ; de nouveau, elle était un véritable rayon de soleil.

— Avez-vous vu Domino ? demanda-t-elle. Je ne sais pas où il se cache.

Depuis le seuil, Rumplestiltskin pouvait voir la serviette ensanglantée que le roi avait fourrée à la hâte sous le lit.

— Il a dû aller aux cuisines, répondit le roi, le visage figé, barré d'un sourire forcé. Il avait sans doute envie d'un peu de lait.

— Oui, ça doit être ça, dit Belle.

Rumplestiltskin vit l'inquiétude assombrir le visage de la petite fille. Elle sentait que quelque chose était arrivé à son chaton.

— J'aimerais quand même savoir où il est, reprit-elle. Je ne me souviens pas de l'avoir vu s'en aller.

— Il reviendra, s'exclama joyeusement Rumplestiltskin en prenant place à son tour sur le bord du grand lit. J'en suis sûr.

Dans son cœur, il sentit une partie de lui-même se flétrir sous ce terrible mensonge – le premier de ce qu'il voyait déjà s'annoncer comme une longue série.

La vie au château changea, ce jour-là. Bien évidemment, c'était la magie qui avait provoqué ce changement, mais une magie qu'elle portait en elle. Cela n'avait rien à voir avec la sorcière et ses histoires de fuseau et de quenouille. La malédiction était en Belle.

Domino ne reparut pas, et la princesse fut inconsolable pendant des semaines – tandis que le corps du petit animal pourrissait dans l'humus du verger. Tout le monde se mit à sa recherche, en vain, comme de juste. Belle était terriblement affectée, mais elle avait la résilience d'une enfant. Sa nature était bien trop prompte à s'enthousiasmer pour qu'elle reste triste trop longtemps. Au bout d'un moment, elle cessa de demander où il était, et la vie reprit son cours.

Rumplestiltskin et le roi restaient sur le qui-vive, surveillant toujours de près la princesse, guettant le moindre signe. Pendant quelques années, les épisodes de transformation restèrent suffisamment rares pour ne pas pousser leur inquiétude à son paroxysme. Dans ces cas-là, les deux hommes évacuaient l'enfant et la tenaient enfermée dans sa chambre, jusqu'à ce que les cieux s'éclaircissent et que la pluie cesse de tomber – signe que la gentille petite fille était revenue.

Ils choisissaient les servantes avec le plus grand soin. Malgré cela, des rumeurs finirent par circuler au sujet d'une petite fille blonde ressemblant étrangement à Belle, mais qui crachait comme un fauve et tapait du pied.

En homme avisé, convaincu au fond de lui que les choses resteraient ainsi à jamais, Rumplestiltskin ne fit rien pour étouffer les racontars. Au contraire, il ajouta une rumeur à toutes celles qui circulaient – celle des deux enfants nés en même temps. Les jumelles du roi et de la reine, dont la seconde fille était difficile et nécessitait une véritable prise en charge. Pour le bien de cette pauvre enfant, le roi avait choisi de la tenir éloignée, loin de l'attention permanente qui est le lot habituel des têtes couronnées. Le jour où on lui rapporta ce bruit, il sut que sa manœuvre avait réussi. Si quelqu'un venait à être témoin d'un incident fâcheux, Belle n'en serait pas tenue responsable. C'était tout ce qui importait.

Le roi espérait que les crises iraient en s'espaçant avec le temps, mais il n'en fut rien. La princesse parvint tard à la puberté ; et du jour où le sang fit d'elle une femme, les choses empirèrent.

Les changements survenaient de plus en plus fréquemment. Et quand l'autre fille prenait le contrôle, elle avait dans les mains toute la puissance magique de sa mère. Impossible de la tenir enfermée jusqu'à ce que la crise soit passée. Désormais, au lieu d'un ciel d'orage et d'une bonne pluie, c'étaient de véritables tempêtes qui se déchaînaient sur la ville, avec d'immenses éclairs bleutés zébrant les nuages noirs, et des torrents qui se déversaient dans les rues. Indomptée et sauvage, la jeune fille blonde courait comme une folle, dansait et riait à travers tout le château, bousculant les serviteurs chargés de plateaux.

Elle fouetta un jour un garçon d'écurie jusqu'à le laisser presque mort, simplement parce qu'il n'avait pas fait suffisamment rutiler sa selle, et le roi la surprit une autre fois à demi-nue avec l'un de ses ministres.

Le coupable fut condamné aux cachots pour ce forfait.

Ce fut une erreur.

La princesse y descendit également. Non pas pour le sauver, mais pour assister au supplice.

Elle aimait le sang.

Rumplestiltskin la vit un jour dans l'atelier du boucher à l'arrière du château, les mains enfoncées jusqu'aux coudes dans les entrailles encore chaudes d'un cerf tout juste abattu. Les yeux de la princesse étaient vitreux. Il la repoussa ; elle se lécha les doigts. Rumplestiltskin n'en souffla jamais mot à son roi. Il craignait que le joyau du souverain, sa magnifique princesse, ne soit en réalité un monstre.

Les transformations ne duraient pas longtemps – une journée, deux tout au plus –, mais il était devenu impossible de les cacher. Rumplestiltskin donna un nouveau tournant à sa rumeur, laissant entendre que Belle insistait pour que sa sœur prenne la tête du château quelques jours de temps en temps. Si certains croyaient à cette fable dans le royaume, le roi ne put bientôt plus cacher la vérité à ses ministres. Malheureusement, le souverain n'avait pas d'autre héritier.

En dépit de sa cruelle sauvagerie, la Bête – comme on l'appelait quand elle faisait son apparition – aimait son père. Elle se montrait toujours attentionnée envers lui comme envers Rumplestiltskin, comme si Belle parvenait à conserver un semblant de contrôle sur elle.

Le roi fit installer une cloche tout en haut du château, puis proclamer dans tout le royaume que tous les habitants devaient immédiatement, et sans exception aucune, se barricader chez eux dès que la cloche sonnait, puis y rester enfermés jusqu'à ce qu'elle sonne à nouveau. Les hérauts expliquèrent que c'était pour protéger tout un chacun des terribles éclairs bleus qui frappaient la contrée ces jours-là, ainsi que des inondations, aussi redoutables que dangereuses. Les sujets du royaume étaient naturellement enclins à l'obéissance, mais les rumeurs restent des rumeurs ; on se mit à parler de monstres enfermés au château et d'une étrange magie maléfique.

La ruse fonctionna néanmoins plusieurs années, pendant lesquelles le royaume et le château s'installèrent dans leur nouvelle routine. Belle devint une jeune femme qui faisait la fierté de son père ; tout le monde continua de l'aimer. Elle était toujours attentive, aimable et d'humeur joyeuse. Des jeunes gens commencèrent à venir au palais pour la courtiser. L'un d'eux l'embrassa et devint si épris d'elle que lorsqu'elle annonça à son père qu'elle ne ressentait rien pour lui, le pauvre garçon se pendit.

Un autre l'embrassa à son tour et lui aussi se changea aussitôt en amoureux transi. Les conséquences furent heureusement moins désastreuses lorsque Belle le repoussa, mais Rumplestiltskin et le Premier ministre évoquèrent une nouvelle fois la question de la magie. Visiblement, l'héritage magique de Belle ne se manifestait pas uniquement chez la Bête. Les baisers de Belle ensorcelaient les hommes. Certes, nul n'aurait pu contester qu'elle était la plus délicieuse des jeunes filles, mais il se pouvait tout de même qu'une part de magie explique l'amour inconditionnel que les hommes venaient à lui vouer.

Ils décidèrent que c'était une bonne chose. Ce phénomène protégerait la princesse de ceux qui pourraient vouloir lui nuire à cause de la Bête. Le roi arpenta donc avec elle les rues de la cité, pour s'assurer qu'elle jouissait bien de l'amour de tous ses sujets. Le souverain leur rappela que le trône n'avait pas d'autre héritier, lui-même refusant l'idée de se remarier. Les choses continuèrent donc ainsi, dans cet état d'étrange normalité.

Néanmoins, dans toute situation dont on dit qu'elle n'est pas aussi grave qu'il n'y paraît, survient toujours ce qu'on appelle le point de rupture.

Pour Rumplestiltskin, ce fut l'empoisonnement du roi.

Depuis un certain temps, la santé du monarque déclinait. Au début, les symptômes furent peu alarmants : une journée ou deux où il ne se sentait pas dans son assiette, un état de fatigue générale, un manque d'allant à l'idée d'aller chevaucher. Ces périodes allaient et venaient de manière tout à fait naturelle, de sorte que les conseillers ne virent rien venir. Puis il se mit à perdre du poids. Rumplestiltskin et le Premier ministre remarquèrent que lorsque la Bête était là, elle se montrait de plus en plus attentionnée vis-à-vis de son père. Ils en conçurent tous les deux des soupçons. Ils s'arrangèrent pour la tenir à l'écart des cuisines quand on y préparait les repas, et ils firent en sorte qu'il y ait toujours quelqu'un avec elle pour s'assurer qu'elle ne s'approchait jamais de l'eau ou du vin de son père.

Ils ne relevèrent aucun indice. Après tout, le roi était peut-être tout simplement en mauvaise santé.

Par une belle journée d'été, Rumplestiltskin trouva Belle en train de cueillir des pommes dans le verger. Il ne baissa pas les yeux sur le carré de terre sous lequel gisait l'ancien petit compagnon oublié de la princesse. Il lui demanda ce qu'elle allait faire de tous ces fruits dans son panier ; avec un sourire, elle lui répondit qu'elle préparait des gâteaux aux pommes pour son père, comme elle le faisait depuis des semaines. Il les aimait beaucoup et elle en était ravie. Ses grands yeux étaient limpides comme l'eau d'une source ; son doux visage rayonnait. Elle était l'innocence et la pureté incarnées.

La méfiance de Rumplestiltskin s'éveilla soudain. En effet, si Belle restait tapie à l'intérieur pour protéger son père quand la Bête s'éveillait en elle, il était tout aussi logique que la Bête demeure cachée dans l'ombre dans l'esprit de Belle.

Dissimulé dans un recoin des cuisines, il l'épia pendant qu'elle préparait sa pâtisserie. Tout en chantonnant pour elle-même, elle pela les fruits et les découpa en quartiers pour en retirer les pépins. Ensuite, elle prépara la pâte. Rumplestiltskin se morigéna d'avoir nourri de si noires pensées. Il n'y avait rien d'anormal. Belle était toujours la même. Il s'attarda cependant, car il était consciencieux. Et puis, s'il adorait Belle, il aimait tout autant son meilleur ami, le roi.

Lorsque les gâteaux furent prêts à être mis au four, un nuage noir passa soudain dans le ciel, plongeant la pièce dans l'obscurité. Belle fronça les sourcils ; elle avait sur le nez une tache de farine qui la rendait adorable. Le plateau à la main, elle venait d'ouvrir la lourde porte du four mais elle s'arrêta, soudainement confuse. Elle revint à la table et reposa les gâteaux. Ses yeux étaient devenus vitreux. Elle glissa la main dans une poche pour en sortir une fiole. Elle déposa une goutte du liquide qu'elle contenait sur chacune des tartes, rangea sa petite bouteille, puis reprit ses pâtisseries.

Le nuage disparut et Belle retrouva son allure habituelle. Toujours en chantonnant, elle referma la porte du four. Ses délicieux gâteaux étaient en train de cuire. Elle en était fière et heureuse.

Rumplestiltskin repartit sans un bruit, frissonnant d'horreur ; ses pires craintes se trouvaient confirmées. Il n'en voulait aucunement à Belle. Elle n'avait même pas conscience de ce qu'elle avait fait. Néanmoins, le danger était là. Avec le temps, qui allait finir par l'emporter ? Belle, ou la Bête ? Il ne pourrait pas être toujours dans son dos pour la surveiller. Un jour, il ne serait pas là pour déjouer ses forfaits.

Il fit faire d'autres gâteaux aux pommes, que le roi put manger sous les yeux de sa fille. C'était important de ne pas la priver de ce plaisir – tant que l'on vérifiait que le roi n'en sortait pas empoisonné pour autant. Lorsque sonnerait la cloche et que la Bête arriverait, il marcherait un peu courbé et feindrait de se sentir mal.

Cependant, le roi était troublé. Souverain sage et avisé, il restait avant tout fidèle à son peuple. Il parlait souvent avec ses conseillers jusqu'au milieu de la nuit de ce qu'il y avait lieu de faire. La Bête devenait de plus en plus terrible et de moins en moins contrôlable, tandis que ses visites se faisaient de plus en plus fréquentes. Le roi savait qu'elle passait aux cachots pour infliger d'atroces châtiments aux prisonniers, avant de soudoyer les gardes pour qu'ils n'en rapportent rien. Au demeurant, personne ne discutait ses ordres. Il lui suffisait de punir un seul garde pour que tous les autres lui obéissent au doigt et à l'œil. La magie était en elle. Mais pire encore, certains nobles en arrivaient presque à admirer sa nature brutale. Rumplestiltskin les voyait lui amener leurs fils et leurs filles, pour qu'ils deviennent amis et s'attirent ses bonnes grâces. Belle était divisée en deux, mais elle contribuait également à diviser le monde entier autour d'elle. Peu à peu, les gens commencèrent à choisir de façon plus franche leur camp entre le bien et le mal. Des factions se firent jour au sein de la cour, où l'harmonie avait toujours régné jusqu'alors.

Le roi adorait Belle, mais il ne pouvait aimer la Bête. Il pleura son ondine disparue et ce que leur amour – qui n'aurait jamais dû être – avait engendré. Lorsque ses larmes eurent séché, il fit venir Rumplestiltskin, le plus cher et le plus fiable de ses amis, et lui demanda d'aller supplier la sorcière de la tour de venir en aide à Belle. Sa magie parviendrait peut-être à combattre celle dont souffrait sa fille. Peut-être la sorcière aurait-elle le pouvoir de mettre un terme aux jours sombres. Il dit à Rumplestiltskin de lui accorder tout ce qu'elle pourrait demander, pour peu qu'elle trouve un moyen de libérer sa fille de sa malédiction.

L'été touchait à sa fin quand Rumplestiltskin se mit en route ; avec lui, il emmenait sa fille, à qui la vie à la cour ne plaisait guère. Petite, elle avait été l'amie de Belle, mais après la mort de Domino, Rumplestiltskin l'avait peu à peu éloignée de la compagnie de la princesse, avant de l'envoyer dans une école à l'autre bout de la cité. La jeune fille ne se sentait plus à sa place parmi les jeunes nobles pleins d'aisance et de morgue. Pour tout dire, il craignait qu'elle ne devienne, pendant son absence, une proie toute désignée pour la Bête, toujours prompte à s'en prendre à ceux qu'elle sentait plus faibles.

Le voyage jusqu'à la tour blanche qui se dressait dans le lointain – au-dessus de la cime des arbres – fut long et riche en aventures. À mesure qu'ils approchaient, Rumplestiltskin et sa fille étaient de plus en plus stupéfaits de la hauteur de l'édifice. Ils ne voyaient que deux fenêtres : l'une à mi-hauteur et l'autre très loin au sommet. Dans la brume de l'hiver, il serait bientôt impossible de la distinguer.

Après avoir fait tout le tour de la construction, ils durent bien reconnaître qu'elle ne comportait ni porte ni aucune autre forme d'accès. Rumplestiltskin se décida donc à crier en direction de la fenêtre, dans l'espoir que la sorcière l'entende et descende. Il hurla jusqu'à en perdre la voix, en vain. Il commença à se dire que c'était une quête vouée à l'échec et que la sorcière devait être partie depuis longtemps, ou même qu'elle était morte à l'intérieur de ses murs impénétrables. Il s'assit sur une pierre, prêt à renoncer, lorsque sa fille se mit à crier à son tour, suppliant la sorcière de faire preuve de miséricorde et d'entendre leur supplique.

Une porte restée jusque-là parfaitement invisible s'ouvrit alors dans le mur courbe et lisse. Tout sourires, la sorcière les invita à entrer. Rumplestiltskin ne savait pas à quoi il s'était attendu, mais il la trouva inchangée, sous les traits d'une femme ordinaire d'âge mûr. Tout en gravissant l'escalier en colimaçon derrière elle, il remarqua cependant des objets et des artefacts vieux de plusieurs centaines d'années. Elle surprit son regard et sourit.

— Les années d'une sorcière ne s'écoulent pas comme celles d'un homme. J'ai cessé de les compter.

Elle leur servit une bonne soupe, installa la fille de Rumplestiltskin sur un lit, puis écouta le récit qu'il lui fit de Belle et de la Bête. La sorcière resta pensive. Elle n'avait plus reparu dans le monde depuis la fois où le roi l'avait appelée, avant la naissance de Belle. Après avoir entendu l'histoire, elle parut satisfaite du tour qu'elle avait pris.

— La fille d'une ondine, dit-elle d'une voix pensive, doit naître d'une union issue des eaux. N'importe qui aurait pu prévoir ces ennuis.

Elle resta assise près du feu un moment, à contempler la fille de Rumplestiltskin en train de dormir, comme si cette vision lui avait apporté paix et clarté. Puis elle prit sa décision.

— Vous pouvez faire quelque chose ? demanda Rumplestiltskin. J'ai peur pour notre pays si nous ne parvenons pas à contrôler la Bête.

— Suivez-moi, dit-elle.

Ils gravirent encore deux volées de marches, jusqu'à une pièce fermée par plusieurs verrous.

— J'ai quelque chose pour vous, dit la sorcière.

La salle était pleine de rouets et de quenouilles de tailles et de formes différentes. Rumplestiltskin écarquilla les yeux.

— Des quenouilles. La malédiction de Belle.

La sorcière sourit.

— Elles sont toutes enchantées, porteuses de malédiction ou de bénédiction, selon la façon dont on les utilise.

Elle se promena au milieu de ses possessions, caressant amoureusement le bois patiné de chacune d'elles. Pour finir, sa main s'arrêta sur un instrument à tisser.

— Je ne peux pas changer sa nature, poursuivit la sorcière. Elle est celle qu'elle est. Aucune magie ne serait assez puissante pour changer ça. En revanche, je peux sauver le royaume de la tyrannie qu'elle lui imposera tôt ou tard.

Rumplestiltskin la regardait fixement.

— Comment? demanda-t-il, la bouche subitement sèche.

Il devina la réponse avant même qu'elle la dise. Son cœur était déjà lourd de la décision qu'il allait devoir prendre.

— Je pourrais te donner quelque chose qui mettrait fin à sa vie, si tu penses que c'est là ton seul recours.

Elle se tourna pour faire face à son visiteur. À la lueur de la chandelle, Rumplestiltskin eut la sensation de voir briller dans les prunelles de la sorcière les centaines d'années qu'elle avait vécues – et la sécheresse du cœur mort qui battait dans sa poitrine. *La magie ne produit jamais rien de bon*, lui hurlait sa conscience. Il s'était mis à trembler légèrement. Sous ses dehors si ordinaires, ce n'était en fait qu'une horrible vieille chouette. *Il ne faut rien attendre de bon d'une vieille chouette.*

—Ça, dit-elle en désignant une de ses précieuses quenouilles.

—Comment ça marche ? demanda-t-il, la gorge nouée.

Dès l'après-midi où il avait enterré Domino, il avait compris qu'un jour une décision devrait être prise au sujet de Belle. Et, quelque part au fond de son âme, où régnait tout l'amour qu'il portait à son roi, il avait également compris que ce serait à lui de la prendre.

—Ce sera indolore ? demanda-t-il encore. C'est que nous l'aimons tous, vous savez, ajouta-t-il en se demandant s'il essayait de justifier son acte auprès de la sorcière ou de lui-même. Enfin, si tout va bien, je n'aurai pas besoin de l'utiliser.

—Mais moi, j'aurai besoin qu'elle revienne, dit-elle. En particulier si tu décides d'opter pour une solution moins radicale.

Elle la souleva avec précaution pour la lui remettre.

—Une piqûre au doigt et elle mourra, précisa-t-elle d'une voix dénuée de la moindre émotion. Ce sera sans douleur. Comme si elle s'endormait, dit-elle encore avec un sourire.

—Alors c'est du poison, dit Rumplestiltskin.

—Elle saignera jusqu'à ce que mort s'ensuive, répondit la sorcière. Mais je peux t'assurer qu'elle ne sentira rien.

Les mains tremblantes, il prit le rouet et sa quenouille.

— Il va falloir que je fasse bien attention à ne pas me piquer en portant ces objets.

— C'est moi qui t'ai donné cette magie, répondit-elle en le raccompagnant, avant de refermer la porte à l'aide des clés qu'elle portait à une chaîne autour de son cou. Elle ne peut pas te faire de mal. Un sort ne touche jamais celui qui l'utilise.

— Et que voulez-vous en échange ? demanda-t-il.

— Ta fille restera à mes côtés jusqu'à ce que tu me rapportes ma quenouille, répondit-elle doucement.

Rumplestiltskin eut soudain l'impression de manquer d'air. Sa fille ? Son unique enfant ?

La sorcière prit sa main dans la sienne et la serra. La chaleur de ses doigts le surprit. Il s'était attendu à ce qu'elle soit aussi froide qu'une morte.

— Elle ne manquera de rien et je lui enseignerai plein de choses. Elle sera heureuse ici. Tu sais, je suis bien seule. Cela fait si longtemps que je n'ai personne pour me tenir compagnie, dit-elle en souriant de ses lèvres minces. Quand tu reviendras, tu pourras la reprendre avec toi si tel est ton souhait. Je t'en fais la promesse. De plus, ajouta-t-elle avec un petit haussement d'épaules, elle sera peut-être plus en sûreté ici. Je prévois des temps difficiles et de grands dangers.

Rumplestiltskin sentit peser sur ses épaules le poids de ses responsabilités envers le royaume. Il n'avait pas le choix.

— Je reviendrai la chercher, dit-il, le cœur lourd.

— J'en suis certaine, répondit la sorcière.

Il n'attendit pas le réveil de sa fille, car il savait qu'il n'aurait pas le courage de lui faire ses adieux. Il lui laissa une lettre dans laquelle il lui disait qu'il l'aimait et qu'il reviendrait bientôt la chercher. Il déposa un baiser sur son front, puis quitta sa fille bien-aimée, sa Raiponce.

Lorsqu'il arriva enfin au royaume, deux mois s'étaient écoulés et les choses avaient bien changé. Le roi était mort des suites d'une chute de cheval, qui avait eu lieu alors qu'il chevauchait avec la princesse, le lendemain même du départ de Rumplestiltskin. Tandis que Belle pleurait son père, la Bête se délectait de son tout nouveau pouvoir. Elle organisait des bals masqués pour la jeunesse débridée de la cité, et prenait plaisir non seulement à profiter de leurs corps, mais aussi à torturer les malheureux qui avaient la malchance de se retrouver dans ses cachots. Quand il n'y avait plus de prisonniers, elle faisait arrêter des passants choisis au hasard dans les rues pour satisfaire son goût du sang. Les soldats pillaient alors leur maison, certains que ces pauvres innocents ne reviendraient jamais.

Elle fit redécorer la troisième salle de bal selon ses goûts – en rouge, en noir et en doré. On y jouait de la musique, très fort, pendant que les jeunes dansaient et jouissaient les uns des autres. On y conviait des filles venues de la laiterie, qui jamais n'en repartaient vivantes.

Les ministres faisaient leur possible pour garder le secret et gérer le royaume comme ils le pouvaient dans le dos de la reine, jusqu'à ce que la cloche sonne à nouveau et qu'ils puissent tous ensemble laisser échapper un soupir de soulagement. Aucun d'eux ne la défiait jamais – la magie de sa mère vibrait au bout de ses doigts. Tous avaient vu les corps méconnaissables qu'on évacuait des cachots. Ils se contentaient de tenir conseil et erraient dans le château en faisant de leur mieux pour rester invisibles, tout en exécutant les ordres qu'on leur donnait. Le roi étant mort et Rumplestiltskin parti, seul le Premier ministre pouvait se prévaloir de l'affection authentique de leur reine. C'est à lui qu'on laissait le soin de traiter avec la Bête.

Ça ne peut plus durer, songeait Rumplestiltskin en tenant la main de Belle, debout devant la tombe de son père. Il pleurait son plus vieil ami. *Ça ne peut tout simplement plus durer.*

On parlait de meurtres et de torture, de fêtes sauvages et de parricide – tout cela, deux mois à peine après le début du nouveau règne. Et les choses n'allaient qu'empirer. Belle était bonne et douce, mais la Bête était plus puissante. Rumplestiltskin en était désormais convaincu. Il ne doutait pas une seconde que c'était Belle qui avait tué son père, sans le vouloir ni même s'en rendre compte. Il avait parlé à un garçon d'écurie terrifié qui, dans un murmure, lui avait avoué que la sous-ventrière de la selle du roi avait été entaillée au point d'être presque sectionnée, et que c'était la princesse elle-même qui avait sellé son cheval pour lui. *Qui seront les suivants ? Les amis de son père ?*

Ce soir-là, incapable de dormir, il tenait la quenouille dans ses mains. Une seule piqûre du fuseau, avait dit la sorcière, et tout serait fini. Il aurait voulu que cela puisse être fait pendant qu'elle était la Bête – d'une certaine manière, les choses auraient été plus simples –, mais cette dernière ne dormait presque jamais, et sa magie la protégerait du danger. C'était Belle qu'il allait falloir assassiner.

Il se rendit dans ses appartements l'après-midi suivant. C'était une belle journée ; la cité était pleine de vie. Il y avait une rose – la fleur préférée de Belle – dans un verre sur le rebord de la fenêtre. Elle s'assit au bord de son lit et tendit la main vers le rouet en riant de bonheur, heureuse qu'il ait pensé à lui rapporter un présent de son voyage, en particulier une chose qu'elle n'avait jamais vue de sa vie. Dans sa joie, elle effleura de son doigt délicat le fuseau de la quenouille.

Et ce fut fait.

Elle écarquilla les yeux une fraction de seconde, puis le rouet lui échappa des mains tandis qu'elle basculait en arrière sur le lit. Rumplestiltskin se leva en pleurant, la suppliant en silence de lui pardonner. Il resta là un temps infini, immobile, avant de l'allonger complètement sur le lit. Il était tellement absorbé par le chagrin et la culpabilité qu'il ne remarqua même pas le silence irréel qui s'était abattu autour de lui.

En revanche, il vit une minuscule goutte de sang tomber au sol depuis le bout du doigt de la princesse. Son bras dépassait du rebord du lit. Et elle respirait toujours...

Cela n'avait aucun sens. C'est du moins ce qu'il s'était dit au début. Puis il était sorti dans la cité et avait gagné la lisière de la forêt, où l'inextricable mur de ronces s'était soudain dressé. Malgré cela, il lui avait encore fallu des semaines, voire des mois, pour admettre enfin la terrible vérité.

— La sorcière avait menti, murmura doucement Petra.

— Oh non, répondit Rumplestiltskin en secouant la tête. Les sorcières ne mentent jamais. En revanche, elles parlent par énigmes. La reine allait bel et bien mourir. Elle allait se vider de son sang, et d'une manière totalement indolore, mais elle n'en perdrait qu'une minuscule goutte à la fois.

Il frissonna malgré lui et but une gorgée de vin.

— Avant la naissance de Belle, la sorcière avait dit au roi que le fuseau d'une quenouille endormirait sa fille pendant cent ans. Mon acte n'a pas détruit la prophétie. J'ai apporté la quenouille et je l'ai fait dormir en la tuant. Cent ans qui allaient être nécessaires pour que tout son sang quitte son corps. Ensuite, elle serait morte. Cent ans à attendre. Et nous y étions presque. Puis vous l'avez réveillée.

— Et votre fille ? demanda le chasseur.

— Morte depuis longtemps. Après une vie passée enfermée dans la tour de la sorcière, abandonnée de tous.

— Enfermée dans une tour, répéta Petra, les yeux dans le vague comme si son esprit s'était perdu dans une autre histoire.

— Alors pourquoi le Premier ministre désire-t-il tant que nous mettions la main sur vous et que nous vous conduisions à lui ? Au fond, vous avez commis un acte qu'ils appelaient tous de leurs vœux.

— Oui, mais j'ai échoué. La reine est réveillée, et il n'y avait qu'une seule autre personne au courant de mon plan et de ma visite chez la sorcière.

— Lui ? dit Petra.

— Exactement. Si je suis capturé et que la Bête me torture, il sait que je n'aurai d'autre choix que de livrer son nom. Mieux vaut pour tout le monde qu'elle croie que j'ai agi seul.

— Chut, fit alors Toby en inclinant la tête sur le côté, sourcils froncés.

— Quoi ?

— La cloche, répondit Toby. La cloche sonne. Un jour sombre arrive.

— La Bête est réveillée, dit Rumplestiltskin en regardant le chasseur.

— Et le prince ? s'exclama Petra. Il est avec elle !

— Si tout va bien, le Premier ministre s'occupera de lui, marmonna le vieil homme. En revanche, je crains qu'il ne fasse de douloureuses découvertes au sujet de sa reine.

9

PEUT-ÊTRE ÉTAIT-CE UN RÊVE...

La cloche retentit quelque part au sommet du château, un glas lourd et régulier. Les yeux rivés au plafond de sa chambre, le prince ne put retenir un frisson, et son cœur s'emballa. Quel que puisse être le mal étrange dont Belle s'était soudain mise à souffrir, le Premier ministre n'en avait pas paru surpris. En revanche, l'effroi avait envahi ses traits – et cela n'avait pas manqué de terrifier le prince. À son grand dépit, il se prit à regretter l'absence du chasseur à ses côtés. Bien qu'entouré du même luxe que celui auquel il avait toujours été accoutumé, il se sentait extrêmement seul et loin de chez lui. Il aimait Belle. Il en était sûr, il le ressentait jusqu'aux tréfonds de lui-même. Pour autant, il n'était personne dans ce royaume. La façon dont le ministre lui avait parlé était assez claire.

Un éclair bleu traversa le ciel. Une seconde plus tard, un tonnerre assourdissant secoua la voûte céleste tout entière. Le prince était certain d'avoir senti vibrer les murs du château. Il s'apprêtait à marcher jusqu'à la fenêtre pour regarder au dehors quand la porte de sa chambre s'ouvrit. Le Premier ministre entra en portant un plateau d'argent.

— Je sais qu'il est tôt et que vous avez eu une bien courte nuit, mais je me suis dit que vous apprécieriez quelque chose à manger, dit-il en déposant son chargement sur la table contre le mur. Et un bon verre pour vous aider à vous rendormir, ajouta-t-il avec un sourire crispé. Je suis vraiment désolé de vous avoir congédié comme ça, mais notre reine bien-aimée est sujette à ce genre de crises de temps à autre. Elles arrivent avec le mauvais temps, ajouta-t-il en désignant la fenêtre d'un signe de tête.

Le conseiller avait retrouvé ses manières policées habituelles. Néanmoins, le prince avait un souvenir plus que vif de l'urgence cassante de son ton, lorsqu'il l'avait expédié. *Que me cache-t-il?*

— Il y a peu de chances qu'elle se sente mieux aujourd'hui, poursuivit le ministre. Je vous invite donc à vous restaurer, puis à dormir aussi longtemps que vous le voudrez. Prenez le temps de vous reposer de votre long voyage.

— Je devrais être auprès d'elle si elle se sent mal. Après tout, je suis son futur époux. C'est mon rôle de veiller sur elle.

— Quand vous serez mariés, il en sera ainsi, naturellement, mais la reine a besoin d'être seule en ce moment. Ses crises sont particulièrement traumatisantes pour elle. Vous comprenez aisément pourquoi elle préfère ne rien vous en montrer à ce stade. Elle est jeune et se sent facilement gênée. Bon, reprit-il en frappant dans ses mains, qui disparaissaient quasiment dans les manches et les revers de sa robe. Dès que celle-ci sera passée, ce qui ne tardera pas j'en suis sûr, je vous montrerai ce qu'il convient de faire. Pour l'heure, on s'occupe bien d'elle. Alors, mangez, buvez et dormez. Ensuite, il faudra organiser le mariage.

Le regard du Premier ministre s'attarda un peu trop longtemps sur le plat. Presque cachés par ses épais sourcils, ses yeux étincelèrent furtivement, puis il se tourna vers le prince.

— Bien sûr, dit le prince, la gorge nouée. Vous avez raison. Je suis inquiet, c'est tout.

Le prince prit son verre et fit semblant de boire.

— J'irai la voir demain, reprit-il. Et si elle ne sent toujours pas bien, nous pourrons repousser le mariage d'une journée. Nous verrons cela ensemble, pour que tout soit parfait.

Le Premier ministre sourit.

— Voilà qui est sage.

Le prince sentit le vin sur ses lèvres, mais il fit attention à ne pas en avaler une goutte. *Pourquoi le Premier ministre m'a-t-il apporté ce plat lui-même au lieu de m'envoyer un valet ?* C'était pourtant un homme assez fier de son rang. Le prince avait côtoyé suffisamment de conseillers et autres experts de la politique pour savoir qu'ils ne faisaient jamais rien qui soit susceptible de les rabaisser aux yeux des autres. Le ministre avait certainement voulu s'assurer que le prince recevrait bien le plateau et qu'il consommerait ce qu'il y avait dessus. Autrement dit, il avait dû ajouter quelque chose dans la nourriture et la boisson, entre les cuisines et les appartements de son hôte. Le prince était un enfant gâté et égocentrique, mais ce n'était pas un imbécile. Il savait que dans tous les châteaux, on trouvait de ces hommes sans pitié, prêts à tout pour maintenir leur influence. Et si le Premier ministre avait décidé que le mariage de sa reine avec un monarque étranger allait à l'encontre de ses propres intérêts ? Belle était douce et gentille, mais son mari ne le serait peut-être pas. À qui reviendrait l'exercice du pouvoir ?

Le prince contempla l'assiette en argent, qui contenait un demi-poulet rôti nappé de sauce, avec quelques pommes de terre et de petits légumes.

— Tout cela m'a l'air délicieux. Encore mille mercis. Je crois que je vais lire tout en mangeant. Ensuite, je me coucherai, si vous pensez que c'est pour le mieux. Mais je vous en supplie, ajouta-t-il, conscient qu'il lui fallait continuer à jouer son rôle pour être crédible, dites à Belle que je l'aime et que je pense à elle.

— Ce sera fait.

Les yeux du Premier ministre étincelèrent à nouveau, puis il s'inclina avant de se retirer.

— Et surtout, ne quittez pas ces appartements. Nous préférons que le château reste le plus calme possible tant que la reine n'est pas rétablie.

— Merci, dit le prince en s'installant à sa table.

Il prit ses couverts et découpa un morceau de viande. Le Premier ministre s'arrêta sur le seuil pour regarder le prince enfourner sa première bouchée. Alors seulement, il referma la porte derrière lui.

Dès qu'il fut parti, le prince recracha la viande et se servit un verre d'eau pour se rincer la bouche. Il emporta l'assiette et son verre de vin jusqu'à la fenêtre. Dehors, il faisait aussi noir qu'en pleine nuit et les éléments étaient déchaînés. Dès qu'il fit jouer la crémone, le vent repoussa violemment le vantail vers l'intérieur de la chambre, agitant les rideaux au point qu'on aurait pu les croire sous le coup d'un sortilège. La pluie glacée lui cingla le visage et le fit presque chanceler, mais il parvint à jeter boisson et nourriture dans le vide, vers la rue grise et luisante en contrebas, subitement illuminée par un nouvel éclair bleu qui déchira le ciel. Il referma la fenêtre et remit l'assiette et le verre désormais vides à leur place. Puis il tira les rideaux et éteignit les lumières, à l'exception d'une petite lampe.

Il avisa plusieurs livres anciens sur une étagère. Il en prit un, l'ouvrit vers le début, puis s'allongea sur le lit, l'ouvrage posé sur son torse comme s'il était tombé là tout seul.

Le prince ferma les yeux ; tout ce qu'il lui restait à faire à présent, c'était attendre.

Les minutes s'égrenèrent. Si le feu dans l'âtre baissait doucement, son cœur battait plus fort dans sa poitrine. Au bout d'un certain temps, il eut la nette impression de s'être presque endormi pour de bon. Des bruits provenant du parvis du château le tirèrent de son engourdissement ; des carrosses arrivaient. Il ouvrit les yeux mais n'aperçut pas la lumière du jour qui aurait dû filtrer à travers l'interstice entre les rideaux. À la place, il découvrit une étrange pénombre, comme si la tempête avait créé une nuit artificielle. Tout était plongé dans une atmosphère surnaturelle, et un frisson lui parcourut l'échine. Le vent lui porta l'écho de cris et de rires ; les portes des fiacres battirent, tandis que des gens couraient se mettre à l'abri dans l'entrée du palais. Le prince se sentit alors parfaitement réveillé et alerte. *Qui sont ces gens ? Et que viennent-ils faire ici ?* Un bal avait été donné la veille au soir. Du reste, la reine était souffrante et le Premier ministre avait bien insisté sur la nécessité de respecter le calme. Personne n'oserait lui désobéir, tout de même. *Mais que se passe-t-il ? Est-ce qu'il profite de l'état de sa souveraine pour organiser ses propres festivités ?* Peut-être…

Il était sur le point de perdre patience et de cesser de jouer au dormeur, quand il entendit le cliquetis de la poignée de sa porte. Il força son corps à se détendre, ouvrant la bouche pour inspirer profondément. Il y eut des pas prudents et étouffés sur le tapis. Le prince entrouvrit les paupières, tout en restant parfaitement immobile. Après quelques secondes, le visiteur s'éloigna et referma la porte derrière lui.

Sa chambre était de nouveau plongée dans le silence. Le prince garda les yeux fermés encore quelques secondes, craignant que tout cela ne soit qu'une ruse. Le ministre s'était peut-être dissimulé pour l'observer. Pour finir, le prince ouvrit soudain les yeux en grand et poussa un soupir, soulagé d'être seul.

De retour à la fenêtre, il observa l'orage. Dans la cour en contrebas, il distinguait plusieurs carrosses d'or et d'argent, incrustés de pierreries qui scintillaient. Des équipages de maisons nobles – impossible d'en douter. Le Premier ministre avait peut-être convoqué une assemblée pour revendiquer le trône, mettant ainsi à profit le malaise de Belle. *Que puis-je faire ? Je ne connais rien aux rouages de ce royaume.*

Il se retourna pour se regarder dans le miroir. Il était grand, blond et très joli garçon, soit tout ce qu'un prince se devait d'être. Il savait cependant que les princes devaient aussi faire preuve de bravoure et d'honneur. *Un prince ne peut pas rester tranquillement assis quand il pense que la sécurité de celle qu'il aime est menacée.* Or, s'il y avait bien une chose dont il ne doutait pas, c'était son amour pour Belle. Il l'aimait de tout son être. Être séparé d'elle provoquait chez lui un malaise physique presque insupportable. Il se redressa, déployant ses larges épaules. À tout le moins, il devait aller voir ce qui se tramait ; ensuite, il en ferait le récit détaillé à Belle lorsqu'elle irait mieux. Le Premier ministre ne pouvait rien contre lui : il était le fiancé de la reine. Bientôt, il serait leur roi. Il n'entendait pas se laisser manipuler par des vieillards retors, même si sa douce se laissait faire.

Il laissa filer encore une demi-heure avant de se glisser dans le couloir silencieux. Rasant les murs, il gagna le palier du grand escalier central. Aux aguets, l'oreille tendue, il sonda le calme ouaté qui régnait aux alentours. Tout d'abord, il n'entendit rien. Puis il eut la certitude de percevoir derrière le silence des échos de musique. Deux aides de cuisine traversèrent l'atrium en contrebas d'un pas pressé, la tête baissée, en échangeant à la hâte quelques mots à voix basse. Ils disparurent dans un couloir, laissant dans leur sillage des effluves de viande rôtie. *Ils ont dû apporter de la nourriture quelque part. Mais où ?*

Quand il eut la certitude que personne d'autre n'allait passer, il descendit les marches à toute allure pour se diriger vers la grande salle de bal où Belle avait dansé dans ses bras. Il entrouvrit la porte : tout était calme et silencieux derrière l'huis. Il se glissa dans la pièce. On percevait bien mieux les échos de musique d'ici. D'un air décidé, il traversa la vaste salle, le bruit de ses pas résonnant étrangement dans l'espace vide.

La deuxième salle de bal était déserte, elle aussi. Il fronça les sourcils un instant, puis il se souvint. La troisième salle de bal. La pièce fermée à clé derrière la bibliothèque, celle dont Belle ignorait tout. Était-ce là que le Premier ministre recevait ses invités ?

Après avoir traversé la bibliothèque, il gagna la petite porte donnant sur l'étroit couloir. Il l'entrouvrit et glissa une main pour maintenir en place le cordon de la sonnette ; ensuite, il se glissa précautionneusement à l'intérieur. C'était bien là qu'il fallait aller. Légèrement discordante et plus sombre que les airs joyeux sur lesquels Belle et lui avaient dansé, la musique était incontestablement plus forte ici. De temps à autre, cependant, des rires couvraient les notes.

Les mains moites et le cœur affolé, il s'accroupit pour venir coller un œil contre le trou de la serrure. Il ne distingua pas grand-chose de ce qui se passait à l'intérieur, les candélabres ne dispensant qu'une lueur tamisée, bien loin de la lumière chaude et vibrante qui régnait habituellement dans les salles de bal. Il aperçut des éclats rouges sur les murs, des mouvements fugitifs de corps et des éclairs de couleurs de vêtements. Derrière l'épais panneau de bois, une femme riait d'un rire semblable au bruit de la glace en train de rompre.

La curiosité fut plus forte que la peur. Prudemment, il tourna la lourde poignée et entrouvrit un peu pour regarder à l'intérieur. Médusé, il écarquilla les yeux, tandis que la porte continuait de s'ouvrir toute seule. Toute pensée cohérente avait déserté son esprit. Pendant un long moment, il resta figé, à contempler la scène qui se déroulait devant lui.

La salle était plus petite que les deux autres. Avec ses murs rouges, ses tentures noires devant les fenêtres et ses riches ornements dorés, elle paraissait de fait encore plus exiguë. Un grand feu brûlait dans l'âtre gigantesque. Des chandelles se consumaient derrière des appliques en forme de gargouilles, jetant d'étranges ombres mouvantes sur le sol. Sur un côté, une table était couverte de nourriture – du lièvre et des poulets rôtis, des montagnes de fruits et toutes sortes de plats exotiques. Cependant, au lieu d'utiliser assiettes et couverts, les convives s'étaient attaqués aux mets à pleines mains ; des os rongés jonchaient le sol, ainsi que des aiguières d'argent qui avaient contenu du vin. L'épais tapis au centre de la pièce était rouge d'éclaboussures, et des verres renversés traînaient dans tous les coins. Le décor en lui-même exprimait déjà la plus grande décadence, mais c'était chez les convives que le degré de débauche devenait aussi flagrant que stupéfiant. Des hommes élégamment vêtus et des femmes en robes somptueuses et hors de prix riaient et devisaient en petits groupes. Certains dansaient, d'autres mangeaient et buvaient, mais tous affichaient un relâchement absolument inédit pour le prince, qui avait pourtant connu bon nombre de bals royaux. En outre, tous les invités portaient d'élégants demi-masques qui dissimulaient leurs traits. Certains étaient noirs, d'autres décorés de plumes, et d'autres encore ornés d'un bec en guise de nez. Tous épousaient étroitement les visages des jeunes gens – de fait, aucune des personnes présentes n'avait plus de trente ans. Ils étaient tous magnifiques et séduisants, mais les ombres projetées par les appliques donnaient au lieu une atmosphère étrange et gothique. Les femmes jouaient les charmeuses effrontées en circulant sans gêne parmi les hommes. On était bien loin de l'étiquette et du cérémonial auxquels le prince était accoutumé.

Mais il y avait pire. Depuis le seuil sur lequel il se tenait, le prince se sentit tout à la fois excité et révolté à la vue de ceux qui se livraient à corps perdu dans la quête de leur plaisir, comme s'ils étaient seuls et que la fête tout autour avait cessé d'exister.

Sur une petite estrade érigée dans un angle, trois hommes vêtus de noir jouaient sur leurs violons l'étrange musique. Deux femmes dansaient devant eux – une chorégraphie très éloignée de la valse en usage à la cour de son pays. Elles ondulaient doucement, frottant leur bassin étroit l'un contre l'autre, et s'embrassaient, les yeux mi-clos, complètement transportées par un plaisir suave. La plus grande des deux, une brune dont les cheveux dénoués lui tombaient librement dans le dos, caressait d'une main le corsage de sa partenaire. Soudain, elle libéra un sein et en titilla le bout entre ses doigts, avant de se baisser pour l'agacer à petits coups de langue. L'autre fille renversa la tête en arrière, haletante.

Plus loin, une femme aux formes pleines et généreuses était penchée en avant sur le dossier d'un canapé, près du mur. Les jupons de sa robe de bal étaient retroussés jusqu'au-dessus de ses hanches ; on apercevait la peau pâle de ses cuisses entre sa jarretière et ses bas. Elle gémissait sous les assauts d'un homme qui lui avait saisi les fesses pour mieux la besogner par derrière. Elle haletait bruyamment à chacune de ses charges et se soulevait même pour venir à la rencontre de son sexe. Au bout d'un certain temps, un autre homme, au visage dissimulé derrière un masque d'or, se joignit à eux en glissant son membre dressé dans la bouche de la plantureuse jeune femme. Tandis que l'homme buvait son vin, le dos cambré en arrière, la belle se mit à le sucer goulûment, à la même cadence que celle qu'observait l'homme en train de la prendre.

Sur l'épais tapis de fourrure, deux femmes chevauchaient un homme nu. Elles se faisaient face. L'une avait placé ses cuisses écartées de chaque côté du visage de leur compère, tandis que l'autre s'était installée sur son bassin. Et tout en s'agitant sur lui, elles s'embrassaient en poussant des gémissements.

Çà et là, un peu partout, d'autres couples et d'autres groupes s'adonnaient à cette même quête effrénée de volupté, tous plus ou moins dévêtus, dans le plus licencieux des abandons. Cependant, en plus du désir lubrique qui saturait l'air, tous ces gens masqués semblaient éprouver de l'amour les uns envers les autres. C'était tout à la fois étrange et surnaturel, et malgré sa répulsion, le prince ne pouvait pas s'empêcher d'être gagné par une réelle excitation.

Une femme se tenait seule au beau milieu de la fête. Elle circulait entre les invités en souriant, s'arrêtant parfois pour rire avec ceux qui étaient encore vêtus, ou pour griffer doucement du bout des doigts la peau de ceux qui étaient nus, faisant naître un long frisson dans tout le groupe agglutiné. Elle portait une robe si fine que l'on voyait distinctement les courbes fermes de son corps par transparence. Pour autant, aucun convive ne tentait jamais de l'inviter à participer aux dépravations.

Lorsqu'elle eut fini son exploration de la salle, elle vint se poster au beau milieu de la pièce et se mit à tourner sur elle-même, les bras tendus. Des étincelles d'or fusaient du bout de ses doigts. L'air se fit plus lourd, et une onde de douce chaleur passa sur le prince comme une vague. La tête lui tourna comme s'il venait de boire trop de vin et trop vite. Subitement, une envie folle le prit d'entrer dans la petite salle de bal et de prendre part lui aussi à cette folie. Incapable de se retenir, il ouvrit la porte en grand. La femme au centre des lieux leva les yeux vers lui et sourit en le voyant.

Le cœur du prince s'arrêta de battre. Comment ne l'avait-il pas reconnue plus tôt ? C'était Belle. Sa Belle – à l'exception des cheveux, dont les teintes étaient inversées. Que se passait-il donc ? Comment sa douce fiancée pouvait-elle prendre part à cette bacchanale ? Était-ce bien elle, d'ailleurs ? Ou s'agissait-il d'une autre ? Dans son esprit, l'ultime lambeau de clairvoyance qui lui restait lui hurlait de fuir, mais l'étrange vibration qui passait dans ses veines – et lui intoxiquait le sang – le tétanisait. Il se souvenait d'elle, dans le petit couloir derrière lui. De sa confusion. De ses tremblements. *De ses cheveux en train de changer de couleur.*

Elle marcha vers lui d'un pas souple et agile. Ses mouvements étaient ceux d'un chat, et ses yeux étincelaient. Le regard du prince se perdit sur la courbe de ses seins et sur la tache plus sombre des aréoles, qu'il apercevait à travers le mince tissu couleur crème flottant autour d'elle.

— Mon joli, ronronna-t-elle. Je savais que tu me trouverais.

Elle lui prit la main, et le bras du prince se mit à crépiter dans une gerbe d'étincelles, à mi-chemin entre la douleur et le plaisir. Il franchit le seuil et elle referma la porte derrière lui. Les dernières réticences du jeune homme venaient de s'évanouir. L'air, moite et lourd, était empli des fragrances musquées du sexe et de la magie. Il brûlait d'arracher ses propres vêtements, de se mettre nu lui aussi, puis de rouler sur le sol avec Belle, sans se soucier qu'on puisse le regarder en train de s'accoupler. Il l'attira à lui pour l'embrasser. La bouffée de désir et de passion qu'il ressentit était plus forte que toutes celles qu'il avait pu connaître auparavant. Que se passait-il ? L'avait-elle pris dans les filets d'un enchantement ? Elle colla son corps contre le sien, jouant à l'exciter, avant de reculer en gigotant pour échapper à sa prise.

— Pas avant notre nuit de noces, dit-elle d'une voix plus grave que d'habitude.

Il était certain que c'était bien sa Belle qui se tenait devant lui, mais elle semblait en même temps une tout autre femme.

—Pas avec moi en tout cas, poursuivit-elle en faisant courir le bout de ses doigts sur le torse du prince, défaisant quelques boutons de sa chemise au passage. Cette nuit, j'ai d'autres désirs à satisfaire.

—Que se passe-t-il ? demanda-t-il dans un murmure tandis qu'elle l'amenait aux deux femmes qui dansaient tout à l'heure, et qui à présent se tortillaient par terre. Que fais-tu ?

Des mains chaudes le happèrent pour le tirer au sol. Il n'offrit aucune résistance. Les deux femmes lui firent une place entre elles. Belle sourit en les voyant glisser leurs doigts, leurs mains et leurs langues sous les vêtements du prince. Il sentit la tête lui tourner et son souffle devenir court.

—De temps en temps, dit doucement Belle, avant de boire une gorgée dans son verre d'argent, chacun de nous a besoin de laisser sortir la Bête qui sommeille en lui.

Elle partit d'un grand rire, qui évoquait la chute d'une immense cascade dans la mer. D'autres fulgurances d'or et d'argent jaillirent de ses doigts.

—Et c'est un spectacle dont je raffole. Nous avons tous en nous de sombres désirs. Nous ne devons pas les réprimer, mais au contraire en jouir.

Dans l'esprit du prince, une petite voix lui cria qu'il avait affaire à quelque sorcellerie, puis ses mains rencontrèrent une poitrine douce et ferme, une bouche trouva la sienne, tandis qu'une autre explorait une partie de lui-même bien plus intime, et les sensations l'emportèrent. Pendant un long moment, il oublia tout, même l'amour qu'il éprouvait pour Belle.

Le temps fut aboli. Les groupes se formaient et se déformaient, créant à chaque instant de nouvelles compositions. Lorsque le Premier ministre fit son apparition dans la pièce avec la servante, le prince était couvert de sueur. Tout son corps le lançait douloureusement, il se sentait consumé de désir et brûlant d'en être libéré. Le monde tout entier n'était plus qu'une brume indistincte. Peut-être était-ce un rêve…

Le conseiller traversa la salle, le dos bien droit, sans un regard pour le spectacle décadent qui s'épanouissait autour de lui. Il s'avança jusqu'à Belle, assise sur un trône d'où elle pouvait tout voir. Elle battit des mains de plaisir en voyant la fille aux yeux bandés qui l'accompagnait.

— C'est une nuit particulière, cria-t-elle. Je vais boire !

Depuis l'endroit où il était vautré par terre, le prince la vit se lever d'un bond pour embrasser le vieil homme devant elle. Il tressaillit.

— Elle s'appelle Nell, dit-il. Elle a parlé au chasseur.

— Pourquoi me dis-tu son nom ? demanda Belle avec irritation. Je me fiche des noms. Mes invités ont eu leur content de plaisir. À mon tour d'en prendre.

Le Premier ministre hocha la tête, le visage fermé, comme s'il craignait de montrer la moindre émotion.

— Les carrosses de vos convives sont prêts. Je vous suggère de les inviter à rentrer chez eux avant de…

— Oui, oui, s'écria-t-elle.

Le Premier ministre se retira et Belle frappa dans ses mains, plus fort cette fois, pour réclamer l'attention de l'assemblée.

— Gentes dames et nobles sires, annonça-t-elle comme si elle s'était adressée à un bal résolument normal, cela a été formidable de vous revoir. Un vrai plaisir.

Dans un grand rire, les convives se rhabillèrent et se préparèrent à partir, cherchant à l'occasion celui ou celle au bras duquel ils étaient arrivés.

— Très bientôt, nous aurons une nouvelle fête, mais l'heure est maintenant venue de rentrer chez vous, pour y poursuivre vos activités tout à loisir.

La salle se vida relativement vite, comme s'ils étaient tous habitués à ces fins un peu brutales. Tour à tour, ils vinrent saluer Belle et la remercier de son hospitalité ; personne ne prêta attention à la jeune fille aux yeux bandés qui s'agitait un peu au milieu de la pièce. Belle retint le prince avec elle et, lorsque les musiciens furent partis en refermant la porte derrière eux, ils se retrouvèrent seuls tous les trois.

— Et maintenant, c'est l'heure de mon plaisir, dit Belle en souriant au prince.

Les yeux de la jeune femme pétillaient d'allégresse et ses joues avaient rosi d'excitation ; à cet instant, le prince se dit que jamais encore elle n'avait aussi bien porté son nom.

Elle se mit à tourner autour de la fille, une gueuse gironde à la poitrine généreuse, glissant doucement un bras autour de sa taille. La servante retint son souffle mais ne dit rien. Était-elle droguée ? Qu'est-ce que Belle comptait faire d'elle ? Soudain, le prince se remémora le visage du Premier ministre quand il l'avait amenée. Il avait l'air d'un homme au supplice.

— Jolie Nell, dit Belle à voix basse. Elles sont toujours jolies.

Elle prit une aiguière d'argent sur la table et se resservit du vin. Elle remplit un second verre pour le prince. Le liquide rouge paraissait bien sombre et bien épais. Il l'examina avec prudence tandis qu'elle vidait son propre gobelet d'argent.

— Bois, lui ordonna-t-elle.

L'expression de son regard s'était durcie. Subitement, le prince se sentit mal à l'aise. Il leva son verre et trempa ses lèvres. Le liquide avait un arrière-goût métallique. Il était trop épais pour que le prince l'avale sans un haut-le-cœur, comme si son corps avait reconnu la substance avant son esprit.

— C'est… du sang ? balbutia-t-il, alors même que lui apparaissait l'horrible vérité.

Elle lui sourit. Le liquide écarlate teintait ses jolies dents.

— Il est froid, mais nous en aurons bientôt du chaud. Frais et chaud. Et si plein de vie.

Elle s'accrocha à lui, l'attira à elle et l'embrassa. La langue de Belle envahit la bouche du prince. Il sentit son estomac se retourner. *Du sang.* Sa princesse, sa Belle, buvait du sang. Lui-même venait d'avaler du sang.

Belle s'écarta de lui, le souffle court, et éclata d'un grand rire. La tête en arrière, elle renversa le verre de sang sur elle, s'en enduisant tout entière. Le mince tissu de sa robe collait à sa peau, plaqué par le liquide. Elle laissa tomber son gobelet, qui tinta en rebondissant sur le sol, le son résonnant aussitôt aux quatre coins de la pièce vide. La servante tressaillit. *Nell*, se souvint le prince. Oui, elle avait un nom.

Belle lui caressa le visage pour l'apaiser. Puis elle l'embrassa, laissant une trace sanglante sur la peau pâle de sa joue. Elle se tourna ensuite vers le prince.

— Tu es prêt ? murmura-t-elle en allant tirer quelque chose d'une cache sur le côté du trône.

Le prince hocha la tête, en dépit de sa furieuse envie de fuir cet endroit et de sa nausée. D'un signe de tête, elle lui intima de boire encore. Frissonnant de tout son être, et maudissant sa faiblesse, il obéit. Il s'imaginait que les choses ne pouvaient plus empirer. Il croyait qu'elle allait lui demander de faire l'amour à la pauvre fille en se roulant dans le sang devant elle.

Ce ne fut qu'en voyant le couteau dans la main de Belle, puis la façon dont la reine s'empara de sa propre main pour la poser sur le manche afin qu'ils le tiennent tous deux, qu'il comprit enfin que les choses pouvaient – et allaient – vraiment empirer. La lame glacée vint se poser sur le cou de la pauvre fille.

Ce n'est qu'alors qu'il se souvint de ce que le Premier ministre lui avait dit avant de l'envoyer dans sa chambre.

« La Bête arrive. »

L'esprit du prince n'avait pas tenu jusqu'au bout. Penché sur lui, le Premier ministre, les yeux emplis de colère, l'agonisait d'injures entre ses dents serrées :

— Je vous avais dit de rester dans votre chambre, pauvre idiot ! J'ai même fait ce qu'il fallait pour que vous y restiez, sombre crétin.

Le prince se mit à pleurer en se balançant d'avant en arrière. Maladroitement, le vieil homme lui passa un bras autour des épaules pour l'aider à se remettre sur pied. La semelle du prince glissa sur la flaque de sang et il s'étala.

Il ne parvenait pas à se débarrasser du goût – et il était sûr qu'il n'y parviendrait jamais. Et comment oublier les images inscrites au fer rouge dans sa mémoire ? Comment oublier les choses que la Bête avait faites à la pauvre Nell – morte désormais ?

— Pourquoi ? demanda-t-il dans un souffle. Pourquoi fait-elle ça ?

Belle et le couteau. Il l'avait regardée pendant qu'elle… pendant qu'ils… Puis sa danse atroce dans le sang chaud. Ce sang dont elle s'était barbouillée, dont elle l'avait enduit, dont elle avait rempli leurs verres. Ce sang qu'elle l'avait forcé à boire. Bien trop faible et effrayé pour cela, il n'avait pas tenté de l'arrêter.

Il gémit et, pour sauver ce qui lui restait de raison, se roula en boule dans un petit coin de son esprit. Il devait oublier tout cela. Il le fallait à tout prix.

— Debout, lui ordonna le Premier ministre. Retournez dans votre chambre. La cloche va sonner et le château va de nouveau s'activer. Personne ne doit vous voir comme ça.

— La cloche ? coassa le prince.

— La Bête va repartir, expliqua le conseiller en l'aidant à se relever. Le sang précipite le changement. Notre reine va redevenir elle-même et il ne faut surtout pas qu'elle vous voie comme ça.

Il regarda la jeune femme couverte de sang allongée par terre et dont le corps commençait à être agité de tremblements.

— Il ne faut pas non plus qu'elle se voie ainsi. Et maintenant, partez. Brûlez vos vêtements, lavez-vous et dormez. Oubliez tout ce qui a pu se passer.

Le prince ne savait pas s'il devait rire ou pleurer face à une suggestion si ridicule. Oublier une chose pareille ! Comme s'il avait lu dans ses pensées, le Premier ministre saisit le poignet du jeune homme, ses doigts minces s'enfonçant dans sa peau.

— Vous oublierez. Ou vous transformerez le souvenir dans votre mémoire. Il n'y a rien d'autre à faire. Et maintenant, partez, ajouta-t-il en lui jetant un regard noir.

Cette fois-ci, le prince brisé n'hésita plus.

10

UN ACCORD PAREIL, C'EST PIRE QUE LA MALÉDICTION D'UNE SORCIÈRE...

Le soir tombait à peine lorsque les cieux s'éclaircirent et que la cloche résonna dans la cité. À l'abri dans son refuge sous le gros arbre, le petit groupe avait dormi un peu, puis partagé un repas. Petra et Toby firent une escapade à la surface pour respirer un peu l'air frais, laissant le chasseur et Rumplestiltskin à leur conversation.

Après ce terrible orage, l'humidité s'accrochait partout. Les arbres luisaient d'un vert intense, tandis que des gouttes d'eau tombaient de leurs branches. Une petite brise s'était levée, mais il ne faisait pas froid.

— Tu crois que c'est vrai, ce qu'a raconté Rumplestiltskin au sujet de sa fille ? demanda Petra. Ou bien il a inventé cette histoire parce que son esprit a été mis à rude épreuve ?

— En tout cas, c'est ce qu'il a toujours raconté, répondit Toby en glissant un bras autour de la taille de la jeune fille comme si c'était la chose la plus naturelle au monde. Je crois qu'il dit vrai. Pourquoi ?

— Oh, comme ça, sans raison particulière, répondit Petra, qui trouvait que le bras de Toby était parfaitement à sa place. Du moins, sans aucune raison qui ait encore de l'importance. Vas-tu te transformer cette nuit ? demanda-t-elle encore en voyant que Toby scrutait le ciel.

— Oui. La lune sera pleine pendant encore deux nuits. Mais il me reste une bonne heure avant que ça n'arrive, ajouta-t-il avec un sourire.

La cité étincelait devant eux, scintillante et propre. Petra était toujours aussi fascinée par ce spectacle si différent de ce qu'elle avait connu jusqu'alors.

— C'est beau, dit-elle doucement, mais tu as dû te sentir tellement seul, avec Rumplestiltskin pour unique compagnie.

— Oui, la solitude m'a pesé, répondit Toby, mais c'était bien aussi d'être libre. De ne plus avoir à me cacher plusieurs jours chaque mois. De ne plus avoir à mentir. Tu sais, je suis sûr qu'ils auraient fini par me tuer si la malédiction ne s'était pas abattue sur eux.

— Je ne comprends pas comment quelqu'un qui a entendu ton cri pourrait vouloir te chasser. Je le trouve magnifique, dit Petra en rougissant un peu.

— Je n'oublierai jamais le jour où je t'ai entendue me répondre. C'était comme voir la lumière au fond des ténèbres. Quand tu m'as appelé depuis le château, j'ai su que je devais te retrouver. Et quand j'ai vu le soldat avec sa lame sur ton cou, j'ai su que c'était à moi de te sauver. Je serais volontiers mort pour que tu vives.

Elle lui sourit, une douce chaleur envahissant tout son corps. Le cri qu'elle avait entendu de l'autre côté du mur de la forêt l'avait conduite ici. Et l'instant qu'elle était en train de vivre justifiait tous ses efforts. Toby se pencha vers elle et leurs lèvres se rencontrèrent. Longtemps après que la bouche de Toby eut quitté la sienne, Petra resta le souffle coupé, stupéfaite de voir combien tout cela était juste et parfait.

— Je trouvais le prince un peu stupide avec son amour pour Belle, murmura-t-elle, mais il éprouve peut-être la même chose que nous.

Elle noua ses bras autour de la taille de Toby et posa la tête sur son torse tandis qu'il la serrait contre lui. Elle sentit son corps vibrer à travers sa chemise lorsqu'il se mit à rire.

— Personne ne peut reprocher au prince d'être stupide. Dès l'instant où il l'a embrassée, c'en était fait de lui. Les ondines sont célèbres pour l'attrait qu'elles exercent. Leurs sœurs des mers de l'est ne sont autres que les sirènes, qui séduisent les marins et les mènent au trépas. Incapables de résister à leurs charmes, ils se précipitent d'eux-mêmes sur les rochers. Ton prince est peut-être idiot à certains égards – je ne peux pas juger, je ne le connais pas –, mais pour ce qui est de notre reine, il n'y peut rien. Impossible de ne pas l'aimer. Son sang impose sa volonté aux hommes.

Il déposa un baiser sur son front, et elle savoura le contact de sa barbe naissante sur sa peau.

— En revanche, en ce qui nous concerne, poursuivit-il, c'est une magie toute différente qui opère.

Nul besoin de lui demander de quoi il parlait ; elle le ressentait au fond d'elle-même. Ils étaient faits l'un pour l'autre ; ils étaient faits pour être ensemble. Était-ce pour cette raison que les loups rendaient si souvent visite à sa mère-grand ? Était-ce le désir qu'il lui inspirait qui les attirait à elle ?

— Tu devrais rentrer, dit Toby. Je sens que la transformation arrive et je préfère être seul quand elle se produira.

Petra perçut le poids de la honte qu'il éprouvait – ainsi que la solitude et l'effroi qui l'accompagnaient. Tandis qu'elle regagnait l'abri sous le chêne, elle se fit le serment de briser cette partie du sortilège. Plus jamais Toby ne se sentirait seul.

Il les rejoignit une dizaine de minutes plus tard, filant droit vers Petra pour se coucher à ses pieds et poser sa lourde tête sur ses genoux. Une oreille dressée, il se mit à écouter la conversation du chasseur et de Rumplestiltskin.

— Je ne le referai pas, disait le vieil homme. Tous ceux que j'aimais sont morts. Ma fille n'est plus. Que la cité continue à vivre avec la Bête, jusqu'à ce que nous soyons tous morts nous aussi, et redevenus poussière derrière le mur de la forêt.

—Je me moque de vos malédictions et de votre Bête, objecta le chasseur. C'est du prince que je suis responsable. Nous avons réussi à nous frayer un chemin à travers la forêt, nous pourrons repartir de la même façon. Nous ne sommes pas d'ici, la forêt nous laissera passer. Mais avant cela, je dois retourner au château pour obliger le prince à me suivre, et tout ça sans me faire surprendre par le Premier ministre. Quand nous serons partis, faites ce que vous voulez. Cachez-vous et mourez ici, ou détruisez la quenouille et libérez la cité.

—Je ne les libérerai jamais tant qu'elle sera en vie.

—Alors vous devriez peut-être faire ce que vous avez promis à votre ami le roi, dit doucement Petra. Faites en sorte qu'elle se pique de nouveau le doigt.

—Pour attendre encore cent ans, tout seul ? s'exclama Rumplestiltskin d'une voix où perçait toute l'horreur que lui inspirait cette simple perspective. Cent ans pour que quelqu'un comme vous finisse par venir un jour et tout gâcher ? Non, dit-il en secouant la tête, j'en suis incapable. Les malédictions ne produisent jamais rien de bon.

Petra caressa la tête du loup en songeant que sans ce sortilège, Toby serait mort des décennies avant qu'elle-même ne soit née.

—Parfois, si, dit-elle.

— Dites-moi comment je peux arriver jusqu'au prince sans être vu dans le château, dit le chasseur. Rien ne m'oblige à être loyal à votre Premier ministre et je n'ai aucune envie de vous voir mourir, mais il faut à tout prix que je voie le prince. Si vous ne m'indiquez pas un moyen détourné d'y arriver, je n'aurai d'autre choix que de passer par la porte. Le Premier Ministre voudra alors savoir si je vous ai trouvé, et si ce que vous m'avez dit au sujet des cachots est vrai, auquel cas je ne vois pas comment je pourrais ne pas parler.

— J'ai d'autres cachettes, répondit sèchement Rumplestiltskin, néanmoins alarmé. Je vais quand même vous expliquer comment entrer discrètement. Nos tunnels vont partout.

Il lui jeta un regard sombre. Ses yeux méfiants fulminaient.

— Mais je vais aussi venir avec vous, pour m'assurer que vous ne me trahissez pas. Et je n'emporterai pas la quenouille.

Rumplestiltskin avait creusé un réseau de souterrains proprement extraordinaire. Même avec son sens de l'orientation inné et son œil exercé à retenir les détails d'un trajet, le chasseur comprit immédiatement qu'il ne pourrait jamais retrouver son chemin sans l'aide du vieil homme. Ils avaient laissé Petra dans le refuge, endormie. Le loup s'était éclipsé furtivement, sans doute pour aller se nourrir dans les poulaillers environnants. Le sort de Toby serrait le cœur du chasseur. Il se demanda ce qu'on pouvait éprouver quand on était contraint de passer une partie de sa vie emprisonné dans le corps d'un animal, avec tous les désirs irrépressibles que cela supposait. Il se promit de ne jamais croiser le chemin d'une sorcière – s'il pouvait l'éviter.

Enfin, ils débouchèrent dans le château endormi, par la cheminée d'appartements apparemment désaffectés. Rumplestiltskin rabattit la trappe du foyer, puis s'étira en se redressant de toute sa hauteur.

— Comment saviez-vous qu'il n'y aurait personne ? demanda le chasseur, la main sur le manche de son couteau.

— Ce sont mes appartements. Je doute que pour l'instant quelqu'un ait envie de s'installer dans les quartiers d'un traître.

C'étaient les petites heures grises de la fin de la nuit. À présent que la Bête s'en était allée, le château se détendait un peu ; on dormait à poings fermés. Sur la pointe des pieds, ils s'y déplaçaient sans être dérangés. Un rai de lumière filtrait sous la porte du prince.

Ce dernier faillit bien pousser un hurlement lorsqu'ils entrèrent. Il bondit de son lit et attrapa le premier bibelot pour s'en servir comme d'une arme. Le chasseur se précipita pour le tranquilliser, tandis que Rumplestiltskin fermait la porte derrière eux.

— Qu'avons-nous fait ? dit le prince en tremblant. Jamais nous n'aurions dû la réveiller. Jamais nous n'aurions dû la toucher, ajouta-t-il en attrapant le bras du chasseur. Je n'arrive pas à me débarrasser du goût.

— Vous avez donc rencontré la Bête, dit Rumplestiltskin, provoquant un nouveau frisson chez le prince.

— Il faut tout remettre tel que c'était, dit-il. Il faut tous les rendormir.

— Oubliez ça, dit le chasseur. Ce ne sont pas nos affaires. En revanche, il faut partir, passer une nouvelle fois à travers la forêt, puis retourner au royaume de votre père.

— Je n'arrive pas à oublier. Tu n'as pas vu ce que j'ai vu. Tu n'as pas vu ce qu'elle a fait à cette servante.

Le prince fronça les sourcils et tourna son visage blême vers le chasseur.

— Jamais je ne parviendrai à oublier. Aussi longtemps qu'elle ne dormira pas…, poursuivit-il en marmonnant. Tu la connaissais, reprit-il après un instant de silence. C'est ce qu'il a dit. Il l'a amenée, elle, parce qu'elle t'avait parlé. Et puis elle l'a… elle l'a…

— Nell ? demanda le chasseur, le cœur soudain glacé. Qu'a-t-elle fait à Nell ?

Le prince ouvrit la bouche pour dire quelque chose, mais aucune parole n'en sortit, et il éclata en sanglots.

— Son sang, dit Rumplestiltskin d'un ton posé. Elle a dû lui prendre son sang. La Bête aime le sang. Elle prend celui des servantes et des serviteurs orphelins. Quand son appétit est rassasié, la Bête repart. C'est le prix que le royaume doit payer.

— Belle a tué Nell ? s'exclama le chasseur, stupéfait.

Même après le récit de Rumplestiltskin, il avait du mal à faire coïncider l'image de la reine, aimable et jolie, avec celle d'une femme cruelle. *Nell ? Elle a tué Nell ?*

— Elle dansait dans son sang, marmonnait le prince. Elle m'a obligé à... elle m'a obligé à en boire avec elle. Je ne pouvais rien faire pour l'en empêcher. Je ne pouvais pas..., poursuivit-il en regardant tour à tour les deux hommes en face de lui. J'étais terrifié. Vous comprenez ? Je ne pouvais rien faire. (Il leva les yeux au ciel.) Elle était si belle quand elle dormait. Comment aurions-nous pu savoir ?

L'horreur de son récit flotta quelques instants dans l'air.

— Et c'est à elle que vous voulez laisser la vie sauve ? dit le chasseur en se tournant vers Rumplestiltskin.

Il pensait à la pauvre Nell, à sa peau douce, à ce sourire si chaleureux qui lui venait si facilement. Il n'avait rien oublié de cette gentille fille qui n'avait rien fait de mal. Il se haïssait d'avoir cédé à sa nature et pris du plaisir avec elle ; cela n'avait servi qu'à précipiter sa mort. Le brasier d'une immense colère s'alluma en lui.

— D'accord, laissez-la vivre, reprit-il, mais laissez-moi la quenouille. Partez avec les autres et retraversez la forêt. Je m'occuperai de jeter de nouveau le sort sur elle, cracha-t-il entre ses dents serrées.

Il savait à quoi il s'exposait : cent ans de solitude. Mais sans lui, Nell serait toujours vivante. S'ils n'avaient pas réveillé Belle, la jeune servante serait toujours tranquillement endormie. Puis la Bête serait morte et Nell aurait eu toute la vie devant elle. *Je vais le faire. Je dois le faire.*

—Non, dit Rumplestiltskin. Pourquoi ferais-je ça? Personne ne se soucie de ma propre fille, qui a passé sa vie prisonnière dans la tour de la sorcière. Tout le monde se fiche que jamais plus je ne puisse voir son visage. Que m'importe le sort de cette cité?

—Et si vous pouviez avoir un autre enfant? intervint le prince.

Une lueur de folie brûlait dans ses yeux; le chasseur comprit que si Belle ne retournait pas à son sommeil, à sa longue agonie, le prince ne se sentirait jamais libéré de son emprise. Sa terreur finirait par le rendre fou – si ce n'était pas déjà plus ou moins le cas. Le jeune prince avait déjà traversé plus d'aventures qu'il n'avait été disposé à en vivre.

—Ma femme est morte, dit Rumplestiltskin, plein d'amertume. Et je ne compte pas me remarier.

—Je vous donnerai mon enfant. Mon premier-né, dit le prince en s'accrochant au bras de son interlocuteur.

Il avait l'air désespéré et tremblait de tous ses membres.

—Quoi? s'exclama le chasseur.

Le choc de ce qu'il venait d'entendre lui fit oublier la colère suscitée par la mort de Nell.

—Vous ne pouvez pas conclure ce genre d'accord! s'insurgea-t-il.

— Si, contra le prince, le regard toujours rivé sur Rumplestiltskin. Mon premier-né. J'en fais le serment. Vous aurez le premier enfant né de mon mariage. Vous pourrez l'élever comme s'il était le vôtre.

— Un enfant ? murmura Rumplestiltskin en s'asseyant sur le bord du lit, le regard perdu dans les flammes au cœur de l'âtre. Un enfant que j'élèverais loin de la cour, loin des jeux de pouvoir. Un enfant que je pourrais aimer sans jamais avoir à l'abandonner derrière moi.

— Oui ! confirma le prince en hochant la tête avec enthousiasme. Vous avez ma parole.

— Ne faites pas ça, gronda le chasseur. Un accord pareil, c'est pire que la malédiction d'une sorcière.

— J'ai votre parole ? demanda Rumplestiltskin en tendant la main au prince enfiévré.

— Vous l'avez.

Les deux hommes se serrèrent la main, scellant leur marché. Horrifié, le chasseur regarda les deux hommes en se demandant quelle quantité de folie un royaume pouvait contenir. Subitement, la perspective d'un siècle de solitude ne lui paraissait plus un si terrible destin.

— Allons-y, dit le prince. Le chasseur reviendra avec le rouet et la quenouille pendant que nous serons en train de traverser le mur de la forêt. Nous pourrions être en route d'ici le matin.

— Non, dit le chasseur entre ses dents serrées, en faisant de son mieux pour ignorer la désinvolture avec laquelle le prince traitait son sacrifice. Le château ne va pas tarder à s'éveiller et le temps va me manquer. Si vous disparaissez, le Premier ministre saura que nous tentons de fuir et postera des soldats tout le long du mur. Vous devez rester ici et agir normalement. Organisez le mariage. Donnez-leur à croire que tout va pour le mieux. Dites-leur que vous voulez une autre fête pour célébrer vos fiançailles. Arrangez-vous pour faire boire tous les ministres – et Belle, bien entendu. Dites-lui qu'elle doit bien se reposer avant la noce et faites en sorte qu'elle soit au lit à minuit. Nous reviendrons alors vous chercher et vous partirez. Je vous laisserai quatre heures à compter de votre départ. Si vous ne réussissez pas à franchir le mur passé ce délai, vous serez piégés. Vous dormirez avec le reste de la cité jusqu'à la mort de la reine.

— C'est impossible ! s'exclama le prince, terrorisé. Comment prétendre que tout va bien ? Comment ? Les ministres se douteront de quelque chose.

— Face à l'horreur, l'esprit trouve en lui-même des ressources insoupçonnées, dit Rumplestiltskin. Il se protège. Dites-vous que tout ce que vous avez vécu n'était qu'un rêve. Un cauchemar. Ils penseront que vous avez choisi de tout oublier.

— Je ne sais pas…

— Vous n'avez pas le choix, aboya le chasseur.

Le manque de volonté chronique du prince l'excédait. Il en avait assez de toutes ces têtes couronnées qui détruisaient la vie des gens ordinaires.

— C'est la seule solution.

Enfin, le prince hocha la tête.

— Je le ferai, dit-il en se redressant.

Il agissait comme s'il consentait à un noble sacrifice dont seul un prince était capable, alors qu'en réalité c'étaient tous ceux autour de lui qui se sacrifiaient en son nom.

— Bien, dit le chasseur, avant de hocher la tête à l'intention de Rumplestiltskin. Allons-y.

— Je vous rappellerai votre serment, jeune prince, dit le vieil homme. Pour commencer, j'irai voir la sorcière. Ensuite, je reviendrai vous voir. Ne m'oubliez pas.

— Vous avez ma parole, réaffirma le prince.

Lorsque Petra ouvrit les yeux, un rai de lumière traversait le trou dans le plafond. Rumplestiltskin dormait dans le fauteuil et le chasseur s'était couché par terre. En revanche, nulle trace du prince ni de Toby. Préférant ne pas réveiller ses compagnons, elle se glissa sans bruit dans l'étroit boyau, avant de remonter le long de l'échelle pour sortir respirer le grand air.

Assis sous un arbre dans le soleil matinal, Toby lui sourit.

— Ils dorment encore ?

— Comme des bébés.

— Quelle belle journée.

Elle s'assit à côté de lui ; l'herbe était sèche, alors que le soleil venait tout juste de se lever.

— Et il fait chaud.

Il contemplait la cité au loin en train de s'éveiller. Petra se dit qu'elle n'avait encore jamais vu de sa vie un homme plus séduisant – et qu'elle n'en verrait sans doute jamais d'autre. D'une main, elle vint cueillir son menton pour le tourner vers elle. Doucement, lentement, elle l'embrassa. Malgré sa barbe rase, ses lèvres étaient douces. Leurs langues se mêlèrent jusqu'à ce que la chaleur au creux du ventre de Petra devienne insoutenable. Elle se laissa tomber dans l'herbe, l'entraînant avec elle. Elle glissa ensuite une main sous sa chemise et sentit la peau du jeune homme frémir, tandis que ses doigts couraient le long de son ventre plat, jouant avec la ligne de poils qui jalonnait son torse jusqu'au nombril.

Il gémit et glissa une main dans les cheveux de Petra, dont les doigts s'aventuraient plus bas. De son autre main, il remonta sa robe, et le souffle de Petra s'accéléra. Elle saisit son membre à travers ses chausses. Toby s'interrompit et retint le poignet de la jeune fille. Son visage était rouge ; le désir faisait briller les paillettes d'or dans ses yeux verts.

— Tu es sûre ?

Pour toute réponse, Petra sourit en nouant ses jambes autour des hanches de Toby pour l'attirer sur elle.

— Je prends ça pour un « oui », parvint-il encore à dire avant que la passion ne les submerge.

Leurs mots se perdirent ensuite dans leurs bouches, leurs mains, leurs mouvements et leur amour.

Lorsque ce fut fini, ils restèrent étendus côte à côte à contempler le ciel, à rire et sourire comme le font toujours les nouveaux amants, avant de s'embrasser encore. Des soldats auraient pu venir se poster à côté d'eux que Petra n'aurait rien vu. C'était le véritable amour. Elle l'avait compris à la seconde même où elle avait entendu son hurlement au loin, de l'autre côté du mur. Il était fait pour elle et elle pour lui. Petra et Toby. Petra et le loup.

—Tu as faim? demanda-t-il en repoussant doucement quelques mèches de cheveux de son visage. Il y a une boulangerie en bas de la colline. Nous pourrions aller chercher du pain.

—Et les soldats du Premier ministre? demanda-t-elle.

—Ce n'est pas nous qu'ils cherchent, mais Rumplestiltskin.

Toujours souriant, il se leva, avant de l'aider à en faire de même.

—D'ailleurs, à moins qu'il ne porte une quenouille, ajouta-t-il, je doute fort que quiconque le reconnaîtrait. Par définition, les soldats ne sont pas les garçons les plus brillants. Du moins, pas dans ce royaume.

—Alors, allons chercher du pain.

Bras dessus, bras dessous, ils descendirent le chemin, avec l'insouciance de ceux qui n'ont rien à craindre en ce monde.

Dès que l'odeur du pain chaud, portée par la brise, vint leur chatouiller les narines, Petra mesura combien elle était affamée. Ils se joignirent à la petite foule des lève-tôt qui attendaient leur tour. Perdue dans une rêverie pleine d'amour et de joie de vivre, Petra se laissait aller contre Toby, cherchant autant que possible le contact avec lui. Soudain, elle sentit la main de son amant se crisper sur son bras. Elle prêta alors plus attention aux conversations à la ronde, qui n'étaient jusque-là pour elle qu'un brouhaha. Son appétit s'envola.

— Je viens de voir la femme du forgeron. Il est entré chez eux la nuit dernière, par la porte de derrière. Le forgeron est descendu et l'a surpris en train d'embarquer un cuissot qu'ils avaient mis à sécher. Il a dit qu'il n'avait jamais vu une bête pareille. Ses yeux étaient luisants. Voilà ce que le forgeron a dit.

— Ce n'est pas naturel, tout le monde le sait. Tout ce pelage bleu. Et deux fois plus grand qu'un loup normal.

— Il faudrait le traquer et l'abattre. La forêt se rouvrirait peut-être.

— C'est peut-être bien le loup qui a attiré la malédiction sur nous.

Toby marmonna sa commande au boulanger, qui lui remit quatre pains encore chauds. Puis il tira Petra par la main et l'entraîna à l'écart.

— Nous devons aller voir la reine pour lui demander d'envoyer des soldats à ses trousses. Il n'a nulle part où se cacher avec la forêt fermée autour de nous. Ils finiront par le trouver. Avant qu'il vienne dévorer nos enfants.

Les bras toujours entrelacés, ils s'obligèrent à marcher lentement sur le chemin, laissant les voix diminuer peu à peu. Le lourd silence qui s'était abattu sur eux trahissait clairement la nature de leurs pensées. Les dents serrées, Toby ne souriait plus.

—Ne les écoute pas, dit Petra. Ce ne sont que des commérages idiots.

—Jamais je ne m'attaquerais à des enfants, dit-il entre ses dents serrées.

—Je sais, dit Petra. Oublie-les.

C'était plus facile à dire qu'à faire, elle le savait.

—Viens, reprit-elle. Allons voir si les autres sont réveillés. Et allons leur demander où est passé le prince.

La journée était splendide, mais elle ne put s'empêcher de ressentir une vague de soulagement lorsqu'ils furent de nouveau sous terre. Quoi qu'elle ait pu dire pour remonter le moral de Toby, elle savait qu'il avait en réalité de bonnes raisons de s'en faire. Petra ne connaissait pas grand-chose à la vie de cour, mais elle savait décrypter les cancans de village. Quelques mots un peu forts pouvaient facilement se transformer en torches et en fourches brandies par une foule excitée. À cette simple idée, elle sentait son estomac se retourner et son cœur se décrocher.

—Non, dit Toby lorsqu'ils entendirent le plan du chasseur. Vous n'avez pas à faire ça.

— Si, il le faut, répondit le chasseur en lui jetant un regard noir par-dessous sa mèche de cheveux bruns. Cette fille est morte parce que j'ai bandé le doigt de Belle. Je l'ai réveillée, c'est à moi de remettre les choses en ordre.

— Oui, il faut rétablir ce qui doit l'être, mais il n'est pas nécessaire que ce soit vous qui le fassiez.

Le pain, auquel ils n'avaient presque pas touché, reposait toujours sur la table. Ils avaient peu à peu perdu l'appétit en entendant le récit de ce qu'avait commis la Bête, puis du marché conclu entre le prince et Rumplestiltskin. Petra en avait la nausée. Rien n'aurait toutefois pu la préparer à ce qui allait suivre.

— Je vais m'en charger, dit Toby. Partez tous dans la forêt. Je resterai.

— Non ! s'étrangla Petra. C'est idiot. Il faut que tu viennes, toi aussi !

— Pourquoi ? demanda-t-il en levant vers elle des yeux où brillait une note d'amertume. Tu as entendu ce que les gens disent. Pourquoi les choses seraient-elles différentes ailleurs ? Où que j'aille, on me chassera. Au moins, ici, je suis libre.

— Tu ne peux pas faire ça ! s'exclama Petra, les yeux emplis de larmes. On ne peut pas nous séparer. Je ne te laisserai pas !

— Tu seras bien mieux sans moi, dit-il. Plus en sécurité, aussi. Lorsque la foule viendra, ce qu'elle finira par faire, elle ne se montrera pas tendre envers ceux qui m'ont protégé.

— De toute façon, vous ne pouvez pas le faire, soupira le chasseur. Ça doit être fait cette nuit. Et cette nuit, vous serez un loup.

— Attendez jusqu'au matin, dit Toby. Je pourrai m'en charger à ce moment-là.

Petra le dévisageait avec intensité. L'idée de se retrouver sans lui était insupportable. Comment vivre en sachant qu'il était de l'autre côté du mur, jeune et en bonne santé, alors qu'elle-même vieillirait et mourrait un jour, avec le vent qui porterait sans arrêt jusqu'à elle son hurlement, comme pour la hanter ? Pendant un instant, elle en fut incapable de respirer.

— Nous ne pouvons pas attendre jusqu'au matin, dit Rumplestiltskin. Ce serait trop dangereux. La Bête sera sur le qui-vive. Le plan doit être mené cette nuit.

La tête de Petra lui tournait. Elle voyait bien le désespoir de Toby. Il ne voulait pas la quitter, mais il ne voulait pas non plus passer sa vie dans la peau d'un pari contraint à mentir et à se cacher en permanence.

— Attendez, s'écria-t-elle subitement, tout sourires. Attendez.

Elle venait d'avoir une illumination.

— Le sortilège n'affecte pas celui qui le lance, c'est bien ça ?

Rumplestiltskin confirma d'un hochement de tête.

— Alors je vais le faire, dit-elle. Toby pourra garder la pièce pendant que je piquerai le doigt de la reine.

11

JE TE DONNE CETTE MAGIE...

À sa grande surprise, après le départ du chasseur et de Rumplestiltskin, le prince parvint à dormir quelques heures d'un sommeil agité, alors même qu'il avait laissé toutes les lampes allumées. Il rejoignit ensuite Belle sur la terrasse pour le petit déjeuner. La reine se leva pour se précipiter à sa rencontre, le visage illuminé par un doux sourire.

— Tu m'as manqué, murmura-t-elle, en se mettant sur la pointe des pieds pour l'embrasser.

Sa bouche avait le goût de la pomme qu'elle était en train de manger. Néanmoins, au simple contact de ses lèvres, le prince sentit son estomac se retourner. Il se concentra sur la chevelure brune de Belle, si différente de la blondeur ensanglantée de la Bête qui l'avait tourmenté la veille. Au prix d'un effort, il évacua l'image, pour l'enfermer dans un recoin de son esprit.

—Toi aussi, tu m'as manqué, répondit-il d'une petite voix. Je n'ai quasiment pas fermé l'œil.

Cette dernière phrase n'était pas un mensonge. Il se demanda si Belle se rendait compte qu'elle avait oublié une journée entière de sa vie. Elle prit la main du prince dans la sienne et ils allèrent s'asseoir au soleil. Elle parla avec animation de leur mariage, pendant qu'il se forçait à avaler une pâtisserie et un jus de fruits. À la lumière du jour et en présence de son adorable fiancée, il parvenait presque à se convaincre que tout ce qui s'était produit avait été l'œuvre d'une personne complètement différente. Belle avait si bon fond. Même sa voix était différente.

—Comment allez-vous ce matin ?

Le prince se retourna pour découvrir le Premier ministre dans l'ombre de l'auvent.

—Merveilleusement bien, merci, répondit Belle, en le gratifiant d'un sourire affectueux. Et quelle belle journée !

—Ah, voici l'homme qu'il me faut, dit le prince, heureux d'entendre toute l'assurance qu'il arrivait à mettre dans son ton.

Il avait peut-être eu un moment de faiblesse en ne prenant pas la défense de la servante – à l'expression qu'il avait vue sur le visage du chasseur, il avait bien compris que celui-ci le prenait pour un lâche –, mais il était courageux. Comment le chasseur pouvait-il le juger sans savoir ce qu'on ressentait dans cet enfer ? Aurait-il agi différemment, lui ? Pas sûr. Oui, le prince pouvait être brave. Et pour commencer, il allait tenir son rôle.

— Je voudrais organiser un dîner privé ce soir, avec Belle et ses ministres pour seuls invités. Je voudrais faire leur connaissance – et leur permettre de faire la mienne – avant notre mariage, dit-il en adressant un sourire à sa promise. Je ne voudrais pas qu'ils se disent qu'elle a peut-être fait un mauvais choix.

— Quelle idée magnifique, s'exclama Belle. Mais comment pourraient-ils croire une chose pareille ?

Le prince se leva pour l'embrasser.

— J'aimerais être sûr. Je veux que tu sois fière de moi.

Elle noua ses bras autour de son cou et rit. Puis il la souleva pour la faire tourner, avant de l'embrasser encore – un peu plus passionnément cette fois. Quel étonnant pouvoir de séduction elle dégageait ! Il brûlait de désir pour sa Belle, alors même que la présence de cette autre femme dans ce même corps le révulsait.

— J'ai trop chaud avec cette chemise, dit-il. Je dois aller me changer. On se retrouve au labyrinthe ? Nous pourrons marcher et réfléchir au programme des festivités.

Elle hocha la tête, l'amour faisant rayonner son visage. Il tourna les talons et rentra dans le palais, suivi de près par le Premier ministre, pensif.

— Comment vous sentez-vous ce matin, Majesté ?

— Je vais bien, répondit le prince en souriant. Un peu fatigué, mais ça va. J'ai fait des rêves atroces cette nuit. Je pense que je souffrais d'une forte fièvre. Ou que j'avais trop bu. Et ce terrible orage qui a duré toute la nuit n'a pas dû aider.

Il ne put retenir un frisson ; des images de sang, de la Bête et du couteau lui étaient revenues sans qu'il les ait sollicitées.

— Mais désormais, le soleil brille et tout est pour le mieux.

Il savait qu'il n'avait pas l'air tout à fait dans son état normal. Il tremblait. Toute cette journée baignait dans une atmosphère irréelle, comme si ces instants eux-mêmes appartenaient à un rêve, et non les horreurs de la nuit précédente. Peu importait, le Premier ministre ne l'en croirait que plus facilement.

— Les rêves sont des choses bien étranges, dit le Premier ministre sur un ton rassurant. Pour ma part, quand ils me viennent, je travaille, et ils finissent par s'en aller.

— Bravo, dit le prince avec un sourire. Alors, vous vous chargerez d'organiser ce dîner ?

— Mais certainement, répondit-il. Si tout va bien, vos amis nous auront rejoints d'ici là.

— Mon chasseur est consciencieux, dit le prince en serrant les poings pour empêcher ses mains de trembler. Il reviendra quand il tiendra votre traître, pas avant. À moins que vos soldats ne le trouvent d'abord, évidemment.

— Évidemment, confirma le ministre.

— Et après, Belle et moi nous marierons et nous aurons beaucoup d'enfants.

Le prince n'avait jamais été aussi heureux de refermer une porte derrière lui. La journée promettait d'être très longue.

Il suivit le conseil du Premier ministre et s'activa. Il se rongeait les sangs à l'idée que le plan du chasseur et de Rumplestiltskin soit découvert, puis que la colère de la reine et des ministres s'abatte sur lui. Il n'avait pas peur des cachots – même s'il avait la conviction que son avis là-dessus changerait, si d'aventure il venait à y être jeté ; en revanche, tout ce qui pouvait faire réapparaître la Bête le terrifiait. Tout au long de sa promenade dans le labyrinthe au bras de Belle, tandis qu'il feignait le plus grand enthousiasme chaque fois qu'il trouvait le bon chemin, ou riait très fort quand ils échouaient dans un cul-de-sac, il lutta pour refouler les images des couples enlacés et le souvenir de l'extraordinaire plaisir qu'il avait ressenti devant l'horrible spectacle de la mort de la servante. Comment Belle avait-elle pu susciter tout cela ?

Enfin, ils trouvèrent le centre du labyrinthe, un espace circulaire avec une cascade et un banc de pierre décoré de petites créatures des bois. Belle l'attira contre elle pour l'embrasser. En dépit de ses tourments intérieurs, il se surprit à répondre à sa passion. Il n'avait pas oublié les courbes fermes de son corps sous le voile arachnéen que portait la Bête. Subitement, il ressentit une envie folle de lui arracher ses vêtements pour la prendre sauvagement sur le banc.

— Je suis impatiente d'être à notre nuit de noces, dit-elle doucement, les yeux brumeux de désir. Nous pourrons enfin nous aimer comme il se doit.

Le prince sentit une partie de son cœur se briser. C'était plus fort que lui. Il l'avait prise pour la femme parfaite, or, au cœur du labyrinthe, elle l'était vraiment, à un point tel qu'il se demanda s'il n'était pas encore un petit peu amoureux d'elle, malgré tout ce qui s'était passé. Cette pensée le révulsa. Il visualisa aussitôt un océan de sang derrière ses paupières closes. La chaleur du soleil sur sa peau lui évoquait celle du liquide rouge et poisseux. Le bruit de la cascade était semblable au rire de la Bête se repaissant de la mort. Et malgré tout ça, il désirait toujours Belle. *Est-ce sa magie qui est à l'œuvre ? Comment savoir ?* Tandis qu'ils s'en retournaient vers le château d'un pas tranquille, il se jura que s'il devait retomber amoureux d'une princesse, il s'assurerait qu'elle était aussi belle à l'intérieur qu'à l'extérieur avant de l'embrasser. Quel qu'il soit, le sortilège que Belle faisait peser sur lui ne durerait plus très longtemps désormais. Il puisa du réconfort dans cette idée. Ensuite, quand il aurait quitté ce royaume, il penserait à elle sous les traits de Belle, et oublierait la Bête à jamais.

L'heure du dîner arriva, et le prince fut un hôte exquis et parfait, veillant à ce que le verre de chacun soit toujours plein et régalant l'assistance d'anecdotes sur sa vie au château de son père. Il prit le temps de questionner tous les ministres au sujet de leur famille et de leur rôle au sein de l'administration du royaume. À leur tour, le vin aidant, ils lui racontèrent des histoires sur la cité, dont ils étaient à l'évidence très fiers. En fin de compte, le prince constata non sans surprise que tous étaient des hommes bons. *À quel point aiment-ils Belle pour se forcer à supporter la Bête ? À moins qu'ils ne soient simplement trop effrayés pour agir ?* Une nouvelle fois, une bouffée d'orgueil l'envahit lorsqu'il pensa au courage dont il faisait preuve et au rôle essentiel qu'il était en train de jouer pour leur permettre de retrouver la paix et la sécurité du sommeil. Il but une gorgée de vin, en veillant bien à faire preuve de modération, puis songea au chasseur. C'était une bonne chose que ce soit lui qui reste ici pour endormir Belle. Ainsi, à son retour chez lui, le prince aurait toute latitude pour broder un récit conforme à ses vœux, assorti des petits arrangements nécessaires avec la vérité. C'était son aventure ; il la raconterait donc à sa façon.

— Bonne nuit, mon amour, dit le prince en quittant une Belle hilare et légèrement titubante au seuil de sa chambre. À demain. Le jour de notre mariage.

Son esprit raisonnable avait beau lui dire de se hâter de s'éloigner d'elle et de ce château, son cœur saignait à l'idée qu'il ne la reverrait plus jamais, si leur plan se déroulait correctement.

— Je t'aime tant, dit-elle en le serrant fort contre elle. Je serai la plus heureuse des femmes lorsque je me glisserai dans mon lit, car je sais que tu seras bientôt mon mari. Jusqu'au matin, je rêverai de toi, de notre bonheur à venir, et de la vie parfaite que nous mènerons ensemble.

Il fut heureux de la voir enfouir son visage contre son torse, car s'il pouvait se montrer faible et égoïste, et si l'expérience avec la Bête l'avait atteint plus profondément qu'il ne l'imaginait, le prince ne se considérait toutefois pas comme un homme cruel. Savoir qu'il l'envoyait à la mort était une souffrance attisée par le bonheur naïf qu'affichait Belle. Il aimait beaucoup cette jeune femme aimable et délicate – et comment ne pas l'aimer ? Chacun de ses propres défauts lui faisait l'impression d'être un couteau sur sa peau. L'espace d'un instant, il ne vit plus en elle que Belle ; la Bête n'existait plus.

— Rêve de nous à jamais, murmura-t-il. Et que tes rêves soient merveilleux.

— Oh, ils le seront, dit-elle en se serrant davantage contre lui. Mon sommeil sera enchanteur car demain nous nous marions.

Lorsque le prince partit enfin, il ne se retourna pas – c'était au-dessus de ses forces. Puis il entendit jouer la poignée de la porte. Belle s'en était allée.

— Alors comme ça, tu ne restes pas ? dit-il, un peu consterné par le changement de plan.

Ils étaient tous arrivés une heure environ après le retour du prince dans sa chambre. Le loup – le héros d'une histoire dont le prince savait qu'il ne souhaitait pas pour l'heure entendre le récit – montait la garde devant la chambre. Le prince avait remis la tenue qu'il portait le jour de leur arrivée ; son manteau royal avait été nettoyé. Il avait fourré des serviettes dans son lit pour faire croire que quelqu'un y dormait. Après avoir rassemblé ses affaires et pris toutes ces dispositions, il avait senti la confiance lui revenir. Il était prêt à partir.

— C'est mieux comme ça, intervint Petra. Il connaît la forêt et la forêt le connaît. Si quelqu'un a une chance de passer, c'est bien le chasseur.

— Oui, dit le prince en souriant au chasseur. Je suppose que oui. C'est une bonne chose de rentrer ensemble.

À bien y réfléchir, c'était effectivement le cas. Le prince n'était pas certain d'être capable de retrouver seul son chemin à travers la forêt ; à ce stade, il avait largement eu sa dose d'aventures. Quant au récit qui serait donné au roi, il partait du principe que le chasseur n'en avait cure. C'était quelqu'un d'un peu fruste, mais ce n'était pas un idiot. Il saurait que mieux valait ne pas contredire un prince.

— Je veillerai à ce que tu reçoives une juste récompense pour ta noble proposition, ajouta le prince.

Le chasseur hocha la tête d'un air entendu. Ils allaient quitter ce royaume, et pour le prince, rien d'autre n'avait d'importance.

— Vous comptez passer la nuit ici à parler ? Il faut y aller, dit Petra.

Comme elle se retournait en direction de la porte, le chasseur la saisit par le bras.

— Cette solution ne me satisfait toujours pas, dit-il.

— Eh bien, moi, elle me convient, répondit-elle avec un sourire qui illuminait son visage et le sublimait. Nous allons passer cent ans ensemble, et c'est après seulement que nous commencerons à vieillir. Bien rares sont les amants qui ont pareille chance.

Rumplestiltskin était en train de sortir la quenouille de son sac avec mille précautions. Petra le regarda faire avec une étrange affection dans le regard. Elle ouvrit ensuite la porte donnant sur le couloir et le loup vint immédiatement se frotter contre elle. Tandis que le vieil homme avançait, Petra s'approcha discrètement du chasseur.

— Lorsque vous aurez regagné la forêt, dites-lui d'aller raconter son histoire à ma mère-grand.

— Pourquoi ?

— Veillez à ce qu'il le fasse. C'est important. Et demandez-lui de dire à mère-grand de venir auprès du mur écouter mes appels.

Ensuite, elle l'embrassa sur la joue, fit de même avec le prince, puis prit la quenouille des mains de Rumplestiltskin.

— Et maintenant, partez.

— Je te donne cette magie, dit Rumplestiltskin. J'espère qu'elle te portera plus chance qu'à moi.

Petra sourit au vieil homme.

— J'en suis sûre. Et nous ferons en sorte qu'elle fonctionne, cette fois-ci.

— Bonne chance, dit le prince, qui commençait à avoir des fourmis dans les pieds.

Chaque seconde qui passait augmentait le risque d'être pris.

— N'oubliez pas, vous avez trois heures, dit Petra.

Après un dernier sourire, elle tourna les talons pour s'élancer en courant en direction des appartements de la reine, son manteau rouge flottant derrière elle, le loup bleu à ses côtés.

12

ALLEZ CHEZ LA REINE !

La forêt luttait inlassablement contre eux tandis que les trois hommes abattaient sans relâche leurs haches sur les branches et les épines. Ils avaient repris la méthode que le chasseur, Petra et le prince avaient employée à l'aller, préservant toujours un espace dégagé avant de poursuivre leur percée. Ils s'escrimaient sans dire un seul mot, tous trois bien conscients qu'ils n'allaient pas assez vite. Si la forêt avait résisté la première fois, cette fois-ci, elle les agressait. Avant même qu'ils n'y aient glissé un pied, elle avait déchiré la chemise du prince. Un petit lambeau était resté accroché à une épine derrière eux.

À travers les branchages, ils apercevaient toujours le royaume enchanté, alors qu'ils s'évertuaient à tenter d'avancer depuis plus d'une heure. La nuit était chaude et ils transpiraient comme des diables, soufflant et jurant pour conquérir chaque centimètre.

— Va-t-on y arriver ? demanda le prince, hors d'haleine.

— Peut-être, répondit le chasseur dans un grognement, tout en abattant sa hache sur une grosse branche. Peut-être pas. Si on se réveille dans cent ans avec un arbre qui nous a poussé dans le cul, je dirai que nous avons échoué.

— Hé !

La lueur d'une torche tomba soudain sur eux. Un détachement de cavaliers fit halte ; un cheval hennit.

— Sergent, regardez ! Quelqu'un essaie de se frayer un chemin à travers le mur !

Les hommes de la patrouille approchèrent leurs torches. Les trois fuyards se figèrent, mais c'était inutile. On les avait déjà repérés.

— C'est lui ! Rumplestiltskin ! Attrapez-le !

— Toi ! File au château, vite ! Va prévenir les ministres !

Le mur de verdure derrière eux subit alors les assauts vigoureux de grands coups d'épée. Les soldats se lançaient à leurs trousses à travers le mur.

Le chasseur accéléra le rythme de ses frappes. Les soldats n'étaient guère qu'à deux ou trois mètres derrière eux. Et ils étaient plus nombreux et plus forts.

— Vite, vite ! l'exhorta le prince en venant peser de tout son poids contre l'impénétrable entrelacs de branches et d'épines pour permettre au chasseur d'avancer.

— Je fais de mon mieux, grogna le chasseur.

— Je les vois, ces fumiers ! Je les vois ! hurla un soldat.

L'éclat des torches se reflétait sur l'acier des épées ; les gardes piquaient d'estoc pour les atteindre par les interstices.

Touché au flanc par la pointe d'une lame, le prince poussa un cri.

À cet instant, le chasseur constata qu'il pouvait encore accélérer la cadence.

Petra avait tiré une chaise près du lit de la reine. Couché à ses côtés, le loup lui léchait la main de temps à autre. La quenouille sur les genoux, elle contemplait Belle en train de dormir, tandis que les minutes s'égrenaient doucement. Le prince avait bien tenu son rôle ; ivre, la jeune souveraine avait sombré dans un sommeil de plomb. *Elle est déjà comme morte*, songea Petra, troublée. Si tout se passait bien, elle ne se réveillerait jamais plus.

Malgré elle, Petra éprouvait de la tristesse. La Bête avait beau vivre en son sein, Belle était la plus aimable des jeunes femmes. Petra ne pouvait s'empêcher d'éprouver pour elle un élan de sympathie. Elle n'était pas responsable de la part funeste de sa nature. *Si elle avait conscience des souffrances qu'elle a infligées à son peuple, ou de ce qu'elle a fait à son pauvre père, je suis sûre qu'elle se piquerait le doigt elle-même.* Néanmoins, ainsi immobile et tranquille, elle avait l'air parfaite.

Combien d'heures vais-je passer ainsi assise au cours des prochaines décennies, à songer à la pauvre fille condamnée à dormir jusqu'à ce que tombe sa dernière goutte de sang ? Petra glissa ses doigts dans le pelage rêche du loup, y puisant un certain réconfort.

Soudain, l'animal dressa l'oreille et émit un grondement sourd. Instantanément, Petra oublia tout de la vie tragique de la reine. Elle se mit debout, les nerfs tendus à se rompre.

— Qu'est-ce qu'il y a, Toby ? murmura-t-elle.

Une seconde plus tard, elle avait sa réponse. On s'agitait dans les couloirs. Des éclats de voix leur parvenaient. En dépit de son envie d'aller voir, Petra resta près du lit, une main suspendue au-dessus des doigts délicats de la reine. Son cœur s'affolait dans sa poitrine. Les bruits de pas se faisaient plus envahissants. On courait en tous sens en braillant des ordres.

Les poils se dressèrent sur l'échine du loup. Sa fourrure avait pris un tel volume qu'il donnait vraiment l'impression d'être une créature surnaturelle. Petra devait offrir au chasseur, au prince et à Rumplestiltskin le plus de temps possible pour leur fuite. Ils ne méritaient pas de passer un siècle endormis, pour constater à leur réveil que tous ceux qu'ils aimaient étaient morts. Sa mère-grand ne méritait pas de mourir sans connaître le choix qu'avait fait sa petite-fille – ni sans rencontrer Rumplestiltskin. Elle grinça des dents. Elle était prête à commettre le geste, mais pas avant la dernière seconde.

Le bruit et l'agitation devenaient de plus en plus forts. Belle remua dans son sommeil, mais sans s'éveiller. Le loup se tenait prêt à bondir sur elle pour la clouer sur son lit si elle tentait de s'enfuir. Mais si c'était la Bête qui venait à se réveiller ? Que leur arriverait-il à tous ?

— Le prince s'est enfui ! cria une voix. Il nous a trompés !

— Allez chez la reine ! Assurez-vous que tout va bien !

Petra fixait la porte du couloir avec une telle intensité que le Premier ministre put entrer tranquillement dans la chambre par la petite porte dérobée à côté de la garde-robe qu'elle réagisse. De surprise, elle faillit bien lâcher la quenouille ; le loup se prépara à bondir en grondant.

Pendant un instant, alors qu'on s'agitait en tous sens au dehors, le vieil homme ne dit rien. Son regard passa de Petra à la quenouille, avant de se poser sur la reine couchée dans son lit.

— Restez tranquille, dit-il avant de s'approcher de la porte d'entrée.

Petra réfléchissait à toute vitesse, une main fermement posée sur l'encolure du loup. Elle sentait qu'il était prêt à ouvrir d'un coup de crocs la gorge du conseiller. Elle avait encore le temps d'agir, même si le ministre se mettait à brailler comme un diable. Inutile de provoquer un bain de sang. Cela dit, Toby avait beau être présent dans le loup, l'animal avait une analyse un peu plus binaire de la situation.

Le Premier ministre entrebâilla la porte.

— Sa Majesté dort, elle va bien, dit-il posément. Et maintenant, trouvez le prince !

Il referma la porte et s'adossa au panneau. Pendant un long moment, il resta le regard rivé sur Petra. La jeune fille lisait sur le visage du vieil homme le conflit qui faisait rage en lui. Puis soudain l'envahit la tristesse accablante qu'il portait comme un fardeau – celle d'avoir été le complice de la Bête.

— Ils reviendront, dit-il sur un ton d'évidence. Et elle se réveillera. La Bête va sentir l'agitation.

Il marcha jusqu'à la fenêtre pour contempler le royaume encore paisible, puis il se laissa tomber dans un fauteuil en poussant un profond soupir. Il étendit les jambes devant lui et posa confortablement sa tête sur un coussin.

— Si vous devez le faire, alors faites-le maintenant.

Petra regarda le ciel où commençaient à poindre l'aube et ses notes pourpres. Elle souhaita de tout son cœur qu'ils aient eu assez de temps. Puis elle prit une profonde inspiration, leva l'index gracile de la reine et y ficha le fuseau de la quenouille.

Le chasseur et Rumplestiltskin étaient en train de tirer le prince en sang à travers l'ultime rideau de branches, lorsque l'air autour d'eux se mit à vibrer, traversé par une vague brûlante et irrésistible, chargée de parfums de fleurs, de feuilles et d'écorce. Le mur tout entier frémit un instant, avant de crépiter en une myriade d'étincelles dans l'aube qui pointait.

Pantelants, les trois hommes contemplèrent le tableau hypnotique. Plié en deux, les mains sur les cuisses, le prince reprenait son souffle. Du sang s'écoulait de sa blessure au côté. Déjà dense, le mur était désormais devenu absolument impénétrable.

— Eh bien, voilà toujours une solution à ce problème, dit le chasseur en désignant d'un coup de menton les hommes qui les avaient talonnés.

Les soldats avaient en effet instantanément sombré dans le sommeil. Des branches les maintenaient debout, tandis que des vrilles s'entortillaient autour de leurs membres. En quelques secondes, ils disparurent complètement, se fondant dans le mur de végétation.

Peu à peu, tandis qu'ils contemplaient la scène, le soulagement d'être libres s'imposa à eux – ainsi que l'épuisement qu'ils ressentaient jusque dans la plus petite parcelle de leur corps.

— Je veux rentrer, murmura le prince d'une voix faible.

Rumplestiltskin regarda autour de lui, en quête d'un repère familier.

—Où comptez-vous aller maintenant ? demanda le chasseur.

—La tour de la sorcière, répondit-il sans hésitation. Je veux ma vengeance. Et je veux voir la tombe de ma fille.

Sa liberté retrouvée et le fait que Belle ait de nouveau plongé dans le sommeil n'avaient en rien atténué son amertume. Rumplestiltskin se tourna vers le prince qui examinait sa blessure avec une expression d'horreur.

—Et après ça, ajouta-t-il, je viendrai vous voir pour vous rappeler votre serment.

Le prince hocha la tête mais ne répondit rien.

—Il y a autre chose, dit le chasseur en remettant son sac à l'épaule. Quelque chose que Petra m'a demandé de vous dire. Elle a dit que c'était important. Il faut que vous alliez voir sa mère-grand…

L'aube parut sur la cité silencieuse à l'instant même où la première goutte de sang tombait sur le sol à côté du lit de Belle. Dans le verre sur la table de nuit, la rose fléchit sur sa tige de façon presque imperceptible. Petra regarda une dernière fois Belle, puis rejoignit Toby dans le couloir.

Le jeune homme lui sourit et le cœur de la jeune fille se mit à chanter.

— Plus de loup pendant un mois, dit-il.

— Quel dommage, répondit-elle en lui prenant le bras. C'est une créature plaisante à regarder. J'imagine que je vais devoir me contenter de toi toutes ces soirées jusqu'à ce qu'il revienne.

Ils enjambèrent prudemment les corps endormis, leurs chaussures résonnant sur le marbre des couloirs – c'étaient les derniers échos qui se répercutaient en ces murs avant bien longtemps.

— Allons manger quelque chose. Je meurs de faim.

— Tu crois qu'ils ont pu passer ? demanda Toby tandis qu'ils s'engageaient dans l'escalier en colimaçon.

— Je crois que oui, répondit-elle. Cette aventure mérite une fin heureuse.

Elle posa la tête sur le bras de son amant.

— En plus de la nôtre, bien sûr.

— C'était quoi, cette histoire au sujet de ta mère-grand ? demanda-t-il. Et de Rumplestiltskin ?

Le sourire de Petra s'élargit encore à la pensée du bonheur de ces deux-là lorsqu'ils se rencontreraient.

— Je ne pouvais pas lui expliquer, sinon il aurait refusé que je reste ici. C'est mon arrière-grand-mère qui m'a fait ce manteau. Elle disait que c'était sa couleur préférée parce qu'elle lui rappelait son père.

— Je ne comprends pas, dit Toby. Quel rapport avec Rumplestiltskin ?

— C'était une femme bien étrange, dit Petra. À l'âge de vingt-deux ans, sortant de nulle part, elle a un jour débarqué au village. Quand ma mère-grand était petite, elle lui racontait des histoires de sa propre enfance, d'une tour où une sorcière l'avait tenue enfermée jusqu'au jour où un prince était venu la sauver.

Elle laissa filer un instant de silence.

— De toute évidence, ça n'avait pas marché entre eux. Toujours est-il qu'elle nous a inculqué, à ma grand-mère, ma mère et moi, une sérieuse dose de prudence au sujet de ces fameux princes charmants. Même si, bien sûr, on n'a jamais cru à ses histoires.

Toby se tourna vers elle pour la regarder dans les yeux.

— Tu penses que ton arrière-grand-mère était la fille de Rumplestiltskin ?

Soudain, le soleil pénétra à l'intérieur du château par l'une des grandes fenêtres. Petra sut que la journée allait être magnifique.

— Elle s'appelait Raiponce, répondit-elle. Alors je crois que oui.

ÉPILOGUE

— Restez là, dit le chasseur après avoir soigneusement bandé la blessure du prince et allumé un feu. On va camper ici cette nuit, et demain, on essaiera de voir où on est.

D'une façon ou d'une autre, ils avaient perdu tous leurs repères. Le chasseur avait fini par se demander s'ils n'étaient pas les jouets de quelque ruse de la forêt. En tout cas, ils avaient sans doute dérivé vers un autre royaume que celui du prince. Mais après tout, que pouvait-il encore leur arriver ? Ils allaient se reposer, puis se remettre en route. Ce n'était pas de son estafilade que mourrait le prince en tout cas. Quelques journées dans les bois ne leur feraient pas de mal.

— Ne sois pas trop long, lui demanda piteusement le prince, roulé dans son manteau, la mine blafarde et le teint cireux. Je ne veux pas rester seul. Je n'arrête pas de penser à elle. À Belle.

Le chasseur lui tapota amicalement l'épaule.

— Ces bois sont giboyeux. Il y en a plus qu'il n'en faut ! Je serai bientôt de retour.

Il prit son sac avec lui, même s'il n'avait besoin que de son couteau. Il avait bien gagné ses pantoufles de diamant, mais si le prince les voyait, le chasseur n'aurait d'autre choix que d'y renoncer. Au fond de son âme, un instinct animal lui disait qu'il ne pouvait laisser arriver pareille chose.

Il laissa le prince en train de contempler les flammes, partagé entre le chagrin et la joie – entre la Bête et Belle. Puis il quitta la clairière.

Il faisait très chaud ce jour-là, au cœur de la forêt. Même si la toison sur sa poitrine en était inondée de sueur, le chasseur appréciait cette touffeur qui ralentissait les animaux autant que les hommes. Ses talents étaient tels que pas un instant il ne doutait de dîner ce soir-là d'un morceau de viande rôtie, mais la tâche s'annonçait du coup plus facile qu'il ne l'avait pensée. Il avait la faculté de pouvoir surmonter la torpeur que la chaleur engendrait, et de rester vif et alerte. En revanche, pas sûr que les animaux des bois puissent en dire autant. Jusque-là, hormis une vieille chouette qui avait détalé entre les arbres juste avant qu'il n'aperçoive le cerf, il n'avait guère vu de traces de présence humaine. De même, il n'avait perçu nul coup de trompe indiquant la présence d'une chasse royale. Cette forêt était sauvage – et il aimait ça.

FIN

LA FIN… OU LE COMMENCEMENT ?

Un sourire monte aux lèvres de la sorcière dans sa tour,
Combien d'hommes envoûtés par ses quenouilles, ses rouets ?
Oh comme les mortels sont facilement mystifiés !
Et Belle allait dormir jusqu'à la fin de ses jours…

Maudite deux fois, par le fuseau et par sa nature,
Seul peut sauver la princesse, l'amour le plus pur.

Les royaumes changeront ; viendront la peur et les guerres,
Belle dormira pendant cent années entières.
La sorcière ignore ce qu'il adviendra ce jour ;
Mais elle croit aux promesses des baisers d'amour…

Remerciements

Tout d'abord, un grand merci à mon éditrice Gillian Redfearn, qui a commencé cette aventure avec moi, et sans qui ces contes de fées ne seraient pas tout à fait aussi magiques. Ensuite – mais je suis certaine que Gillian serait d'accord avec moi pour dire qu'ils méritent tout autant ma gratitude qu'elle –, j'adresse mes plus chaleureux remerciements à Noëmie Chevalier, dont les somptueuses illustrations contribuent à donner vie à ces histoires. Un grand merci également à Jon et Genn qui se sont dépensés sans compter pour en assurer la promotion, et à mon agente Veronique, qui a toujours répondu présente quand j'avais besoin d'elle.

Sur un plan plus personnel, j'exprime ma gratitude à Lou Abercrombie et Muriel Gray pour leurs aimables commentaires sur cette trilogie, et à mon colocataire Lee Thompson, qui supporte les cartons de livres et les papiers répandus un peu partout, et qui m'achète du vin quand j'en ai besoin.

Aubin
IMPRIMEUR

IMPRIM'VERT
Votre imprimeur agit pour l'environnement

Achevé d'imprimer en février 2014
N° d'impression 1312.0299
Dépôt légal, mars 2014
Imprimé en France
81121194-1